常·春·藤
THE BEST
READING

PICTURES AND DRAWINGS

感恩故事大全集

The Power of Reading

总策划／邢 涛　主编／龚 勋

北京日报出版社

序言/FOREWORD

感恩是一种做人的基本道德准则，是一种为人处世的哲学，也是一种生活中的大智慧。感恩教育的内涵十分丰富，包括感恩无私的父母，感恩朝夕相处的朋友，感恩诲人不倦的老师，感恩给予自己温暖的亲人，感恩发人深思的生活，感恩激励一生的青春岁月……

本书精心选取了近百个感恩故事，所选故事风格清新隽永、真挚感人，能触动青少年心中最柔软的角落，激发大家的感恩意识。青少年拥有了感恩之心，就会对他人充满爱心，也就拥有了做一个高尚的人的思想基础。此外，本书文后附有"写作技巧""爱的箴言"，青少年可以从中受到点拨与启发，提高自己的作文水平。

愿这本书能将感恩的种子播种在青少年的心田，开出爱的花朵。

语文特级教师　洪艳

目录/CONTENTS

艾拉的三位老师

文/纪帅

不管是严厉的老师，还是慈爱的老师，
都曾陪伴着我们成长，他们的恩情让我们永记心间。

艾拉是美国的一位著名女作家。在她的一生中，有三位老师令她念念不忘。

第一位老师是梅尼斯小姐。梅尼斯小姐总是凶巴巴的，肩上搭着一根皮带，如果谁做错了题目或念错了字，她就会用皮带抽谁的屁股或手心。艾拉是一个左撇子，但是梅尼斯小姐强迫她用右手写字。可怜的艾拉每天都战战兢兢，因为她用右手写不好字就会遭到梅尼斯小姐的鞭打，而如果偷偷用左手写字被发现了也会遭到鞭打。

一次考试，艾拉的题目都答对了，但由于字写得不清楚，梅尼斯小姐就在她的试卷上打了一个占据了整整一页试卷的叉。艾拉将试卷揉成一团，扔进垃圾桶。梅尼斯大怒，喝令艾拉伸出手，然后用皮带在上面猛抽，艾拉疼得哇哇大哭。

艾拉升入四年级，老师是金德妮小姐。有一天课间她把艾拉叫到面前。金德妮小姐要艾拉用右手写几个字，再用左手写几个字。写完字，艾拉抬起头，看到金德妮小姐面带微笑。

金德妮小姐布置了写字练习让她带回家去做，同时还写了一张纸条装在一个信封里，要她交给家长。艾拉的父亲拆开信封看了纸条后，按照金德妮小姐的要求，允许艾拉用左手写字，不时还会辅导她，在她写得好的时候给予表扬。艾拉感到很自豪，她可以自由地用左手写字了。

从此，写字对艾拉来说不再是一件痛苦的事情，她的学习成绩也有了显著提高。

上六年级的时候，艾拉和爷爷奶奶住在一起。爷爷没有什么文化，但是却成了她这辈子难以忘记的第三位老师。

爷爷常让艾拉帮忙写信给他的老朋友们，这让艾拉感觉很好。后来，爷爷的信不但有给老朋友的，还有给从前的老邻居的，而这些老邻居和他一样也是斗大的字识不了几个的人。爷爷虽然没有文化，但是他知道怎么能够让艾拉有自豪感，对读书识字感兴趣。

艾拉上中学的时候，老师总喜欢叫她到黑板前板书。同学们吃惊地看到她左手握着粉笔在黑板上舞动，灵巧而自如，都非常佩服。中学毕业后，艾拉上了大学，获得了奖学金，在校期间取得了三个学位。

写作技巧 / Writing Skill

开门见山，直奔主题：文章开篇指出有三位老师令艾拉念念不忘，紧接着，作者以时间为序，记叙了对艾拉产生重大影响的三位老师，文章脉络清晰，结构紧凑。

爱的箴言 / Loving Speaking

好的老师，不仅教给学生知识及学习方法，同时在施教的过程中将理解与爱心一并施与。他们无言的关爱像暖流汩汩流过，温暖了学生的心，让学生心怀感激，铭记一生。

爱的礼服

文/朱蕾

当岁月的痕迹慢慢爬上眼角，老的是年纪，而不是爱情。
年纪越老，越懂得爱的深沉，越明白什么是相濡以沫。

那年夏天，我在一间男士礼服店打工。

"叮咚"一声，挂在门上的风铃提醒我来顾客了。只见一位老先生推着轮椅走了进来，轮椅上坐着年纪和他相仿的老太太，两人都是那种很精神的北欧老人。老先生戴了一顶渔夫帽，帽子上还别了一根羽毛，有点老顽童的调皮味道。轮椅上的老太太满头的银发梳理得很整齐。

我迎了上去，笑盈盈地问："两位选礼服吗？"老先生捧着自己圆圆的啤酒肚说："小姑娘，你看什么礼服能装得下我这半个世纪的啤酒肚？"我扑哧一声笑开了，接着说："有，中号就行，大号的您这肚子还嫌小呢。"老先生爽朗地大笑起来，老太太在一旁打趣地说："那你再多喝点啤酒，就可以穿大号的了。"我量好尺寸后，问道："您要参加哪种宴会？参加普通的宴会婚礼西服就行，6点以前的宴会要用大礼服……"

老先生把轮椅推到试衣镜旁，找了一个最好的角度让老太太看他试衣服。然后，他转身说："是葬礼，我太太的葬礼。"我立即收起笑容，神色凝重地说："对不起，对您失去太太我感到非常遗憾和难过。"他摆了摆手，一旁的老太太插嘴说："还没死呢，我就是他的太太。"我有些尴尬地"哦"了一声，不知道该说些什么。我给两位老人各倒了一杯咖啡。老太太感激地接过了咖啡，把杯子放到嘴边。穿过杯子里袅袅升腾的热气，她注视着老先生，嘴边有些怜惜的笑意，说："这么多年，他就没自己买过合适的衣服。你跟他介绍了这么多种礼

服，你问问他知不知道参加葬礼该穿哪一种。"

老先生眼瞟着四周，又喝着咖啡，笑着说："我有最好的太太，这些从不用我操心。"我见气氛有些轻松了，手脚才自在起来。我转身去取一套中号的西服，听见老太太对老先生说："医生说最多还有几个月了，也该准备了。"我才明白了一大半。老先生接过话头说："我看那个医生有点蠢，医生说的也不是都准。"这会儿，老太太倒笑了起来，说："不管怎样，买好了我才放心，我可不想在天堂看到你穿着渔夫野营装参加我的葬礼。"我转过身，被老太太描绘的情景逗笑了。老先生有些不好意思地笑着。老太太对我说："就要黑色的西服配上白色的衬衣，再加上黑色的领带。"我心里赞同地想，老太太配的是标准的葬礼服。我配好衣服递给老先生，让他去更衣室试试。

见他拿着衣服进去了，老太太对我说："我都70多岁了，早晚要去天堂的。我就想把平常做的都给他安排好，怕到时候他一个人不习惯。"我心里一阵难过，不禁想起许多个早晨，在丈夫替我煎蛋、准备咖啡的同时，我在卧室里替他找合适的领带搭配衬衫。如果哪天我要离去了，我一定要把所有的衬衫领带都事先配好，他才不会一下子不顺手。我的鼻子酸酸的，又想，我一定要竭尽所能，在人生的路上多陪他一程。

老先生穿好衣服走出来，他挥动着手上的领带说："谁能帮我系这个东西？"老太太摇摇头笑着

说："难道要我把所有领带都打好吗？"她示意让她来系，老先生弯下腰，俯身在轮椅上，老太太有些颤抖但熟练地打好了领带。镜子里的老先生庄严肃穆，他握着老太太的手，征求着她的意见。老太太说："挺好的，我喜欢。"老先生动情地说："我希望这套礼服永远派不上用场！"

付过钱后，老太太向我致谢。我看着他们的背影伴着轻声细语渐行渐远，心中不可抑制地涌起对这对老年伴侣的尊敬。老了的只是年纪，不是爱情。

写作技巧 / Writing Skill

细节刻画，足显真情：一次不寻常的购物，引出一对平凡老夫妻之间深沉的爱恋。他们的爱在选取一件礼服时，在妻子伸手给丈夫系一次领带的瞬间弥散开来。

爱的箴言 / Loving Speaking

许多短小的片段接起了整个人生。可是很多的时候，我们不懂得珍惜，认为所有的东西都是理所当然的，总是要到再没机会的时候才猛然惊醒。请珍惜当下的每一分钟吧，努力爱你爱的人，回报爱你的人以更多的爱。

爱上温开水

文/蒋平

父爱也许不像母爱那样温柔细腻，
但它会以另一种方式从另一种渠道中涌流出来，脉脉深沉，韵味悠远。

在 父亲离开这个世界之前，他一直没有喝过过冷或者过热的开水。童年的印象中，在家里，父亲总是第一个起床，起床后的第一件事，就是为全家人烧一壶开水，倒在各人的杯里冷却。父亲的时间计算得非常准确，等全家人都洗漱完毕的时候，正好能喝到不热不冷的温开水了。

母亲过世早，母亲离开这个家后父亲一直没有再娶，又当爹又当妈将他拉扯大。父亲不仅心细，而且很懂养生保健，对喝水特别有研究。比如在大热天，他反对妻儿喝过冷的冰水，认为那样会刺激胃；而在数九寒天，他又严禁妻儿饮温度太高的咖啡和浓茶，说那样会影响食欲和吸收。父亲认为，其实温开水最解渴，也最容易吸收。他感觉父亲如果去做一名保健期刊的编辑，一定非常称职。

父亲的温开水就这么陪伴着他长大。到自己成家立业的时候，他忽然感到了不适，这种不适就是开水问题：因为没有人起早摸黑烧水了，喝到口里的水不是过热就是过冷，而妻子呢，似乎对温开水的理论很不以为然。也从那时起，他与妻开始有了矛盾，焦点就是水的温度问题。妻笑他神经过敏，他则坚持原则，后来干脆以身作则，渐渐地，他继续了父亲每天泡温开水的传统。

休闲时，他还会回家去看看年迈的父亲。每次父亲听说他们来，第一件事还是泡上一杯温开水，一如当年的温度。父亲用的还是当年他喝水的那只瓷杯，喝着温开水的时候，他就想起父亲当年起早摸黑的情景，如这不变的开水温度一样，温馨、亲切而养人。

儿子出世不久，父亲就过了世。父亲过世的原因是一场车祸，很突然。清理父亲的遗物时，他一眼就发现了自己的开水杯，还是当年那般洁净、清新，只是里面再也没了温开水。他的泪水

一下就流了出来。

他将那只开水杯拿过来，每天像父亲的生活方式一样，早早地起来，泡上一杯温开水。同时，也给妻子、儿子盛满一杯。

儿子上大学了，并且爱上了一个漂亮的女孩。女孩很浪漫，追的人不少。为此，儿子很伤脑筋，也很苦恼。他就选了一个时间，让儿子邀请女孩来家里吃饭。奇迹就发生在那一顿饭后，女孩拒绝了众多的追求者，正式成了这个家庭的一员。后来，他才得知幕后的故事：那天天气很冷，女孩就是从他不断为儿子添加温开水，并且听着他讲父亲温开水理论的细节上，感觉到这是一个充满爱的家庭。

听到这个故事的时候，他的眼睛再一次湿润了。他知道，自己的，还有儿子身上的爱，正是父亲洋溢在温开水里的那种父爱的延续。

写作技巧 / Writing Skill

以物为线索，架构美文：温开水的故事，贯穿了三代人，体现了父爱的伟大。作者以温开水为线索，连缀情节，架构了一篇温馨感人的美文。

爱的箴言 / Loving Speaking

父亲给予我们的爱，也许并不是多么热烈和张扬，父爱也许只是融注在一杯杯温开水里，那样简单却又那样温暖。从生活的点点滴滴中仔细体悟父爱，你会发现那是一种不同寻常的伟大的爱。

爱在心里有多重

文/李金虹

爱是无形的，却又是最重的。
对爱人的那份牵挂和担忧，比任何压在背上的负荷都要重……

在医院里，一个中年妇女背着她丈夫爬楼梯，他们要去四楼。丈夫足有80公斤重，可她却走得毫不停顿，在二楼时还遇见了一个送氧气瓶的工人——他扛着一个中型氧气瓶也正在爬楼，累得气喘吁吁。

工人看见中年妇女背着一个很胖的男人上楼，心里很吃惊，于是紧赶了几步对她说："大嫂，你体力很好啊！你看我扛50公斤的氧气瓶都累得不行，你背的大哥怎么也有80公斤，你却走得比我还快！"中年妇女说："你扛的只是一个氧气瓶，而我背的却是我丈夫！"说完，几步又把工人甩在了后面。

工人心想，亲情或爱情的力量果然大，看这个瘦弱的大嫂背着她的亲人却一点也感觉不出重，于是他感慨着把氧气瓶扛上了顶楼。当他下来的时候，在四楼的走廊里又看见了那个大嫂，此时她正蹲在走廊里，把头埋在膝上，满头的汗水。于是他走过去，好奇地问："大哥呢？"中年妇女抬起头说："送进去抢救了！"他又问："刚才你背他上楼都没有累得满脸淌汗，怎么现在站都站不起来了呢？"中年妇女说："我是在为我的丈夫担心啊！"

工人忽然明白，真正的重量是压在大嫂心上的。她心中的那份牵挂、担忧，比起任何压在背上的负荷都要重得多啊！

写作技巧 / Writing Skill

以巧妙的对比描写，彰显主题：上楼时，工人扛着50公斤的氧气瓶都累得不行，中年妇女背着80公斤的丈夫却走得比工人还快。这一鲜明的对比，突显了中年妇女对丈夫深深的爱。

爱的箴言 / Loving Speaking

在生活中，我们每个人的心中都装满了对亲人的沉甸甸的爱。而亲人给予我们的爱更是沉积在我们内心的最深处，给我们以温暖的能量。爱让我们的心灵充实而美好，也让我们力量倍增！

爸爸的吩咐

文/颜纯钩

有一种淡然的父爱，只有在特殊的时刻，
才能显出它的博大和非同寻常。

半夜两点多钟，决定自杀的他打电话回家。

"爸，我不回家了，我对不起你们，会考考成那样。阿娟昨天又说要分手。我没脸再混下去了。"

爸爸静了好一会儿，缓缓地说："你要这样，我也没办法，我也老了，到哪里找你去？你考得不好，大概是我们没有遗传给你天分；你被阿娟甩了，大概是我们把你生得太丑。错在我们，怨不得你！" "爸，你们保重自己，我不能尽孝了。" "我们的事你就别管了，但你要自杀，有两件事不可不注意：一是要穿戴整齐，别叫人笑话；二是别在人家度假屋里，人家还要靠它赚钱呢！弄脏了地方，对不起人家。"

他想了想，说："爸，你想得周到，我会照你的吩咐去做。爸，我最担心的是妈妈，我不敢打电话给她，你帮我编一个谎话，暂时骗骗她好吗？"

"生死大事都由不得我们，这种小事倒计较来做什么？她不会怎么样的，总得活下去。我们不像你们，一辈子什么苦没挨过，早就铜皮铁骨了！都像你一样，考试成绩差一点，女朋友跑掉，就要死要活的，我们早就死掉几条命了，还等得到把你生下来，把你养这么大？还等得到三更半夜来跟你说这些不知所云的话？"

他被这几句话镇住了，半晌没出声。"爸……"他突然不知说什么，"都半夜了，你怎么还没睡？""我今晚又失眠了，肚子饿，起来煮一包公仔面吃。""爸，你又吃公仔面！医生说老吃公仔面没有营养。""做人不要太认真。肚子饿就管不得医生了，没有海参、鱼翅吃，先拿一包公仔面顶顶饿也可以。"爸爸的口气突然轻松起

来，"你知道吗？我发现了一种公仔面的新吃法，一包公仔面、四粒芝麻汤圆一起煮，味道妙不可言。从前都不知道公仔面有这么好的吃法。有时候，平平常常的东西，变个样子来吃，就会吃出新味道来。"

爸爸停了停，仿佛咂咂嘴，把方才的美味再体味一次，然后说："不过跟你说这些都没用了。"

放下电话，他呆了好久。公仔面、芝麻汤圆，那种新鲜的搭配简直太有创造性了，真亏老爸想得出来！

或许是夜半的缘故，他肚子也饿了，想起老爸在家里独享家常美味，小小的客厅，窗台上有一盆云竹，一个盛汤面的精瓷大海碗，一双黑漆描金木筷子……他突然想，也许明天先试试这公仔面再说。

写作技巧 / Writing Skill

巧妙利用逆向思维，构思求异而创新：本文一改惯常的思路，以父亲淡然地应对儿子的临终之言来展开情节，婉转地传达了父亲对儿子的关爱之情。构思之巧，令人叹服。

爱的箴言 / Loving Speaking

睿智的父亲淡然地和儿子谈论那个原本很沉重的话题，让儿子对轻生的选择产生了质疑：这样做到底值得不值得？其实，生活就好像那碗公仔面，换种吃法才能吃出别样的滋味。

抱抱法官

文/ [美]杰克·坎菲尔　马克·汉森

爱是人世间最美好、最珍贵的东西。
如果一个人在待人接物中总是以爱心为重，那么他一定不会遭到拒绝。

李夏普洛是个已经退休的法官，他天性极富爱心。终其一生，他总是以爱为前提，因为他明了爱是最伟大的力量，因此他总是拥抱别人。他的大学同学给他取了个"抱抱法官"的绰号，甚至他在车子的保险杠都写着："别烦我！拥抱我！"

大约6年前，他发明了所谓的"拥抱装备"，外面写着："一颗心换一个拥抱。"里面有30个背后可贴的刺绣小红心。他常带着"拥抱装备"到人群中，借着给一个红心的机会，换一个拥抱。

李因此声名大噪，于是有许多人邀请他到相关的会议演讲，他总是

和人分享"无条件的

爱"这种概念。一次，在洛杉矶的会议中，地

方小报向他挑战："拥抱参加会议的人，当然很容易，因为他们是自己
选择参加的，但这在真实生活中是行不通的。"

他们想看看李是否能在洛杉矶街头拥抱路人。大批的记者尾随李
到街头进行暗访。首先李向经过的一位女士打招呼："嗨！我是李夏
普洛，大家叫我'抱抱法官'。我是否可以用这些爱心和你换一个拥
抱？"女士欣然同意，地方新闻的评论员则觉得这太简单了。

李看看四周，他看到一个交通女警，正在开罚单给一台BMW的车
主。李从容不迫地走去，所有的摄影机紧紧跟在后面。接着他说："你
看起来好像需要一个拥抱，我是'抱抱法官'，可以免费奉送一个拥
抱。"女警察接受了。

那位电视时事评论员出了最后的难题："看，那边来了一辆公共汽车。众所皆知，洛杉矶的公共汽车司机最难缠，爱发牢骚，脾气又坏。让我们看看你能从司机身上得到拥抱吗？"李接受了这项挑战。

当公共汽车停靠到路旁时，李跟车上的司机攀谈起来："嗨！我是李法官，大家叫我'抱抱法官'。开车是一项压力很大的工作哦！我今天想拥抱一些人，好让人能卸下重担，再继续工作。你需不需要一个拥抱呢？"那位身高6.2尺、体重230磅的公共汽车司机离开座位，走下车子，高兴地说："好啊！"

李拥抱他，还给了他一颗红心，看着车子离开还直说再见。采访的记者们个个无言以对。最后，那位评论员不得不承认，他输了。

写作技巧 / Writing Skill

"一线串珠"的手法使文章连贯真实：虽然文章多次变换人物和场景，但"爱心拥抱"就像一条线，将各个零散的事件连成了一串美丽的珍珠。

爱的箴言 / Loving Speaking

爱，让这个世界变得温暖而美丽；爱，让生命时时充满活力与诗意。一个人，心中有了爱，希望才会飘落心间，幸福才会萌生心田。就让我们把爱心播撒出去，让更多的人享受到幸福吧。

被人相信是一种幸福

文/刘国华

信任是人与人之间最宝贵的财富。当一个人被他人深深相信的时候，
他无疑应该感觉到幸福，因为他在别人的眼里是如此重要。

故事发生在一艘远洋货轮上。那是一个星期六的中午，船上大部分人都在午休，只有新来的负责打扫卫生的黑人小男孩还在船尾忙碌着。

突然，一阵猛烈的海风吹来，小男孩没站稳，一下子滑进了海里。他大喊救命，可是风太大了，船上没有人听见他的叫声。看着越走越远的货轮，小男孩几乎绝望了。这时，他突然想起老船长那慈祥的面孔。

"不！当船长知道我掉进海里后，一定会来救我的！"想到这里，他又使尽全身的力量朝前游去……

船长终于发现黑人孩子失踪了，立即下令返航，回去找孩子。这时，船员们纷纷劝道："这么长时间了，那孩子没有被淹死也让鲨鱼给

吃了。""为了一个黑人小孩，我们回去值得吗？"船长犹豫了一下，最后依然决定返航。正当孩子坚持不下去的时候，船长赶到了，救起了他。

小男孩跪在老船长的面前，感谢他的救命之恩。船长扶起他，问道："孩子，你怎么能坚持那么长的时间？""我知道您会来救我的，一定会的！"小男孩回答。

听到这里，白发苍苍的老船长扑通一声跪在小男孩面前，突然泪流满面："孩子，不是我救了你，而是你救了我啊！我为我在那一刻的犹豫而感到耻辱……"阅

写作技巧 / Writing Skill

侧面烘托，突显人物形象：黑人小男孩掉进了海里，当老船长打算掉转船头去救小孩时，其他一些船员再三劝阻老船长，认为"为了一个黑人小男孩，不值得"，然而船长却毅然返航。这样的叙事方式，使老船长的形象更加鲜明突出。

爱的箴言 / Loving Speaking

老船长用他的善良点亮了小男孩生的希望，而小男孩用他的信任让船长得到了一笔珍贵的财富。在生活中，不管在什么时候，被人相信都是一种幸福、一笔财富。而别人在绝望的时候能想到你会给予他帮助，那对你更是一种肯定。

床板上的记号

文/代弘

看看床板上那一道道记号，
你就会明白：母爱，不只生长在血缘里。

接到父亲说继母病危的电话，他正和单位的同事一起在海口度五一长假，订的是第二天上午的回程机票。他犹豫了一下，才改了行程赶回家。等他回到家的时候，还没进门，就已经听到家里哭声一片。

见到他，眼眶红红的父亲边拉着他到继母遗体前跪下，边难过地说："你婶婶（他只肯称呼继母为'婶婶'）一直想等你见最后一面，可她终归抗不过阎罗王，两个钟头前还是走了。"说着，父亲不住地擦拭着溢湿的眼角。而他只是机械地跪下，叩了几个头，然后，所有的事便与他无关似的，全丢给父亲和继母亲生的妹妹处理。

其实，自从生母病逝，父亲再娶，这15年来，他已经习惯认定这个家里的任何事都是与自己无关的了。人们都说，后母不恶就已经算是好的了，不是自己身上掉下来的肉，有谁会真心疼？父亲的洞房花烛夜，是他的翻肠倒肚时。在泪眼蒙眬中，11岁的他告诉自己：从此，你就是没人疼的人了，你已经失去了母爱。

他对继母淡淡的，继母便也不怎么接近他。有一回，他无意中听到继母和父亲私语，他只听得一句"小亮长得也太矮小了，他是不是随你啊？"心中便暗自愤怒：讥笑我矮便罢了，连父亲她也一并蔑视了。又有一回，他看到桌上有一盒中华鳖精，刚打开看，跟他同岁的妹妹过来抢，两个人打了起来。继母见状嘴里连连呵斥妹妹，说这是给哥哥吃的。可是，他却马上被父亲打了一顿。他想，这女人的"门面花"做得

真好，可话说得再好听，心里偏袒的难道不是自己的亲生女儿？连带着父亲的心都长偏了。

疏离的荒草在心中蔓延霸占，他少年的时光已不剩春光灿烂的空间。什么是家，什么是亲情，他不去想，更不看继母脸上是阴过还是晴过，他只管读自己的书，上自己的学，然后离开这个自己感觉不到自己存在的家。

丧事办完了，亲友散尽，他也快要回公司了。父亲叫他帮忙收拾房间，以前都是继母一个人做这些事。看着忙碌的他，父亲忽然拿出一个东西来说："小亮，这是婶婶留给你的。"他一看，是个款式土里土气又粗又大的金戒指，无所谓地说："嗯，妹妹也有吧？""是的，你俩一人一个。"说着，父亲掏出另一个，看上去细小多了。他不为所动，把自己的那个推回给父亲说："给妹妹吧。"父亲犹豫了一下，把东西放回口袋里，说先替他收着。

他继续收拾房间，忽然看到自己睡了十几年的床板边沿有许多乱七八糟的铅笔涂写的痕迹。他奇怪地问："哪个小孩这么淘气，在这里乱画？"

"是你婶婶在你小时候画的。她知道你不喜欢靠近她，就经常等你熟睡以后，拉平你的身子，用铅笔在床上做好记号，然后再用尺子仔细量，看你长高没有。有时候还不到一个月，她就去量，看你没长高就急。你最讨厌吃的那个田七就是她为了让你长高而买的。她眉头上那道疤，就是为了挣工钱给你买中华鳖精吃，天天去采茶，有一次跌倒在石头上磕破的。她老担心你长大后会像我一样矮，说男孩子个头矮不好讨老婆……"

父亲的话声轻轻的，却似晴天霹雳，把他冰封的心炸出了春天。一直以为不会拥有的风景，不会拥有的爱，其实早就像床板上那些淡淡的铅笔记号，默默地陪他度过了无数个日日夜夜。母爱，不只生长在血缘里。

他流着泪，跪在继母的遗像前，叫了15声"妈"，每一声代表一年。以后，他还将继续叫下去，因为母爱没有离开，当他懂得，就不再失去。🔲

写作技巧 / Writing Skill

关键细节的描写，起到"四两拨千斤"之效："床板上的记号"，是文章着力表现的关键细节。父亲讲起床板上的记号的来历和有关继母对"他"关照的件件小事，化解了"他"对继母的误解，使"他"最终认识到母爱就在身边。这一细节描写可谓"小中见大"，使文章大为增色。

爱的箴言 / Loving Speaking

"母爱，不只生长在血缘里。"因为继母也是母亲。继母的爱同样伟大，"就像床板上那些淡淡的铅笔记号"，默默地陪伴小亮度过了成长中的日日夜夜。母爱既是抽象的，也是有形的；既是琐碎的，也是博大的。爱我们的母亲吧，不要等到她老去时！

从不说他做不到

文/ [美]凯西·拉曼库萨

> 树立必胜的信念，不要轻易地说"我不行"。
> 因为，成功来自于使我们成功的信念。

儿子琼尼降生时，双脚向上弯着，脚底靠在肚子上。我第一次做妈妈，觉得这看起来很别扭，但并不知道这意味着小琼尼先天双足畸形。

医生向我们保证说经过治疗，小琼尼可以像常人一样走路，但像常人一样跑步的可能性则微乎其微。

琼尼3岁之前一直在接受治疗，和支架、石膏模子打交道。经过按摩、推拿和锻炼，他的腿果然渐渐康复。七八岁的时候，他走路的样子已让人看不出他的腿有过毛病。

要是走得远一些，比如去游乐园或去参观植物园，小琼尼会抱怨双腿疲累酸疼。这时候我们会停下来休息一下，来点儿苏打汁或蛋卷冰激凌，聊聊看到的和要去看的。我们没有告诉儿子，为什么他的腿会细弱酸痛。因为我们不对他说，所以他不知道。

邻居的小孩子们做游戏时总是跑来跑去，毫无疑问，小琼尼看到他们玩就会马上加入其中。我们从不告诉他不能像别的孩子那样跑，我们从不说他和别的孩子不一样。因为我们不对他说，所以他不知道。

七年级的时候，琼尼决定参加横穿全美的跑步比赛。每天他和大伙一块训练，也许是意识到自己先天不如别人，他训练得比任何人都刻苦。虽然他跑得很努力，可是总落在队伍后面，但我们并没有告诉他为什么。我们没有对他说不要期望成功。训练队的前七名选手可以参加最后比赛，为学校拿分。我们没有告诉琼尼，也许他的梦想会落空。因为我们不对他说，所以他不知道。

琼尼每天坚持跑4～5英里。我永远不会忘记，有一次他发着高烧，但仍然坚持训练。我一整天都盼着学校会打来电话让我去接他回

家，但没有人给我打电话。

放学后我来到训练场，心想：我来的话，琼尼兴许就不参加晚上的训练了。但我发现，他正一个人沿着长长的林荫道跑步呢。我来到他身旁，慢慢地驾车跟在他身后。我问他感觉怎么样。"很好。"他说。

还剩下最后2英里。他满脸是汗，眼睛因为发烧失去了光彩。然而他目不斜视，坚持跑了下来。我们从没告诉他不能发着高烧去跑4英里的路，我们从没有这样对他说，所以他不知道。

两个星期后，在决赛前三天，长跑队的名次被确定下来。琼尼是第六名，他成功了。我们从没告诉他不要去期望入选，从没对他说不会成功，所以他不知道，但他却做到了！

写作技巧 / Writing Skill

运用镜头剪接手法，巧妙渲染主题：围绕主题，作者特意选取一组精彩的画面来表现。这种写法将琼尼的故事按照画面或片段有序地描绘出来，连缀成一个完整的篇章，结构巧妙而精致。

爱的箴言 / Loving Speaking

信念是人生的一盏明灯。小琼尼虽然先天不足，但他从来没有放弃过对成功的追求，从来没有偏离向上的生活轨道。当他付出比常人更多努力和汗水的时候，他成功了。人只要相信自己的能力，向着自己的目标，坚定心中的信念，就没有什么做不到。

德优老师，你在哪里

文/ [美]黛安娜·L. 查普曼

在你还懵懂无知的时候，
老师的些许指点和鼓励或许会影响你将来走上一条什么样的路。

我们坐在教室里，一边咯咯地笑，一边互相推挤，谈论着当天的最新消息。德优老师清了清喉咙，叫我们安静下来。

"现在，"她微笑着说，"我要求你们找出自己希望从事的职业。"我们彼此互望，我们才十三四岁！这老师真是疯了！

"对，每个人都要设法找出一个职业，而且每个人都要访问一个真正从事那行业的人，做一份口头报告。"

我们每个人都一头雾水，13岁的年龄谁会知道自己想做什么。不过我的范围比较小，我喜欢美术、歌唱和写作，但我的美术一塌糊涂，唱歌时妹妹还会尖叫："拜托你闭嘴！"因此剩下的就只有写作了。

德优老师每天都会在课堂上监督我们的进度。进展如何？哪些人已经选定了自己将来的职业？我选择的是平面新闻，这表示我得去访问一个如假包换的新闻记者。

在与那名记者相处的90分钟里，他告诉我各种有关抢劫、犯罪、火灾的故事。几天后，我不用草稿，全凭记忆，就上台做了口头报告，我对那些故事实在是太入迷了，结果最后我整个研究计划的成绩是甲等。

多年后，我把德优老师，还有我们选择职业这件事完全抛在脑后。我进了大学，跌跌撞撞四处寻找新职业。父亲希望我从商，但是我对从商实在是一窍不通。后来我想起德优老师，还有自己13岁时想当记者的心愿，于是打电话给父母。我说我想改变自己的主修课程，虽然他们很不高兴，但并未阻止我，只是提醒我新闻界竞争十分激烈。

过去12年来，我担任新闻记者得到的收获十分丰硕，我报道过的事件从谋杀案到坠机都有，最后投注心力在我最擅长的写作上。

一天，脑海里风起云涌的记忆突然提醒我，当初若不是德优老师的指点，我永远不会成为新闻记者，也不会成为作家。我现在常想，以前班上那些同学，是不是也从她的教诲中得到一些启发？常常有人问我："你怎么会走上新闻这条路？"我每次都会话说从头："呃，你知道，就是有个老师……"

我相信每个人如果回顾自己的学校生涯，一定都可以在逐渐淡去的记忆里找到自己的德优老师。也许你可以把握住机会，向她道谢。

写作技巧 / Writing Skill

以时间为线索，思路清晰：本文是一篇记叙文，记叙了"我"少年时期的一位老师对"我"职业选择的影响。"几天后""多年后""过去12年来""一天"，这些时间短语将全文串联起来，脉络十分明晰。

爱的箴言 / Loving Speaking

豆蔻年华的我们，对未来充满着憧憬，但也带有些许茫然，这时亟须有人为我们指点迷津，朝夕相处的老师便充当了这个角色，他们为我们启开梦想的大门，为我们的追逐助力。

第一美德

文/ [美]罗杰·基斯

良言一句三冬暖，恶语伤人六月寒。
眼见不一定为"实"，所以，请控制自己的嘴。

那天我去商店购物，人不多，队伍却始终停滞不前。我向前望去，看到一个衣着整洁的年轻女孩站在柜台前刷卡，她刷了很多次，可每次刷卡机都无情地拒绝了她。

"那看上去像是一种福利卡，"我身后的男人咕哝道，"年轻人四肢健全却依靠福利养活，为什么不能像其他人一样找份工作呢？"年轻女孩循声转过头。"对，是我说的。"我身后的男人用手指着自己。那个年轻女孩涨红了脸，眼泪几乎流了下来，她立刻扔下福利卡，低头跑出商店，在人们的注视下很快消失了。

这一幕使我联想到自己，自从10年前我得了癌症，就一直在使用政府救济的粮票买食品，陷入困境的人有什么办法呢？这也使我学会，当你不了解一个人的真实生活的时候，就不要批判什么。

几分钟后，有一个小伙子走进商店，他向收银员打听那位女孩，收银员说她已经弃物而走。"我是她的朋友，究竟发生了什么事？"小伙子焦急地询问大家。人们好奇地聚拢过来。

"我说了一句愚蠢的话，因为我看到她使用福利卡，这种事我本不应该说出来的，很抱歉！"我身后的男人说。

"噢，真糟糕。事情是这样的：她的哥哥两年前在阿富汗遇害，留下三个孩子，不得不由她来抚养。她今年才20岁，单身一人，却要养活三个孩子。"他用坚定的声音告诉每一个人。

"没想到，今天发生了这种事。"小伙子不安地晃动着他的双手。

"这是她想买的吗？"他指着女孩的购物车问收银员。

"是的，先生，可惜她的卡无法使用。"收银员说。

店中一片沉寂。

"你肯定知道她住在哪里吧？"我身后的男人问小伙子，同时挤到队伍的前面，掏出自己的钱夹，把信用卡交给收银员，"请用我的卡结账吧，一定！"收银员接过他的卡，开始为年轻女孩选购的商品结账。

"稍等。"这个男子又转身拉过自己的购物车，把自己的一部分食品放进了女孩的购物袋里。更多的人纷纷从自己的食品中挑出几样，悄悄放进了女孩的购物袋里。

即使你的双眼看到了"真实"，但也许生活的真相并非如此。正如古希腊哲学家所说，控制自己的嘴是人类必须学会的第一美德。🔲

写作技巧 / Writing Skill

以第一人称叙事，加强了文章的真实感：作者以"我"的视角和心理感受来表达观点，这一叙事方式的采用，使故事读起来真实自然。

爱的箴言 / Loving Speaking

男子的讥讽严重刺伤了女孩的心。因此，在你了解到真相之前，请不要随意发表意见，因为你不经意的一句话都有可能给他人造成困扰。真相大白后，男子愧疚地做了一点小补救，大家也纷纷献出自己的一份心意，让我们看到并明白：这个世界因爱而美好。

点亮心烛

文/高兴

每个人都像一支短短的蜡烛，当你轻轻将这只蜡烛点亮时，
你会发现，蜡烛虽然纤弱，但它的光芒却是如此温暖，如此耀眼。

第二次世界大战期间，一个黯淡多云的午后。

英国小说家西雪尔·罗伯斯照例来到郊外的一个墓地，拜祭一位英年早逝的文友。就在他转身准备离去时，意外地看到文友的墓碑旁有一块新立的墓碑，上面写着这样一句话：

全世界的黑暗也不能使一支小蜡烛失去光辉！

炭火般的语言，立刻温暖了罗伯斯阴郁的心，令他既激动又兴奋。他迅速从衣兜里掏出钢笔，记下了这句话。他以为这句话一定是引用了哪位名家的"名言"。为了尽早查到这句话的出处，他匆匆赶回公寓，认真地逐册翻阅书籍。可是，找了很久，也未找到这句"名言"的来源。

于是，第二天一早他又重回到墓地。从墓地管理员那里得知，长眠于那个墓碑之下的是一名年仅10岁的少年。前几天，德军空袭伦敦时，少年不幸被炸弹炸死。少年的母亲怀着悲痛，为自己的儿子做了一个墓，并立下了那块墓碑。

这个感人的故事令罗伯斯久久不能释怀，一股澎湃的激情促使罗伯斯提笔疾书。很快，一篇感人至深的文章从他的笔尖流淌出来。

几天后，文章发表了。故事转瞬便流传开来，如希望的火种，鼓舞着人们为胜利而执著前行。

许多年后，一个偶然的机会，还在读大学的布鲁克也读到了这篇文章，并从中品味出那句话的隽永与深刻。布鲁克大学毕业后，他放弃了几家企业的高薪聘请，毅然决定随一个科技普及小组去非洲扶贫。

"到那里，万一你觉得天气炎热受不了，怎么办？""非洲那里闹传染病怎么办？""那里一旦发生战争怎么办？"……

面对亲友们异口同声的劝说，布鲁克很坚定地回答："如果黑暗笼罩了我，我决不

害怕，我会点亮自己的蜡烛！"

一周后，布鲁克怀揣着希望去了非洲。在那里，他和同伴们不懈地努力，用他们那点烛光，照亮了一方天空，他们也因此被联合国授予"扶贫大使"的称号。

蜡烛虽纤弱，却有熠熠的光芒围绕着它。

其实，我们每个人都是一支这样的蜡烛。当一个人在失败气馁，甚至感到有些绝望时，不妨激活自己、点亮心烛。黑暗消失了，迎来的将是一个令人惊叹的奇迹。🔲

写作技巧 / Writing Skill

用环环相扣的几个事例阐述同一主题：男孩的墓志铭像一支蜡烛，照亮小说家的心；小说家的文章像一支蜡烛，照亮布鲁克的心；布鲁克的心像一支蜡烛，照亮非洲的一片天。故事环环相扣，哲理引人深思。

爱的箴言 / Loving Speaking

生命的多少是用时间来计算的，但生命的价值却是用贡献来计算的。我们的生命怎样才能更有价值？当我们像蜡烛一样，燃烧自己，把光明奉献给别人时；当我们像肥皂一样，溶化自己，把洁净奉献给别人时，我们的生命价值便得到了最充分的体现。

冬天，你不要砍树

文/ [法]查尔斯·贝罗

哪怕是冬天，也不要砍树，因为春天一定会来，
而春天，是属于每一棵树的。

我9岁那年冬天，爸爸带我到北方阿拉斯的城郊，和爷爷一起过圣诞——在那里爷爷有一个小小的农场。

一天，我在玩耍时发现屋前的几棵无花果树中的一棵已经死了：树皮有的已剥落，枝干也不再呈暗青色，而是完全枯黄了。我稍一碰就"吧嗒"一声折断了一枝。

于是我对爷爷说："爷爷，那棵树早就死了，把它砍了吧。我们再种一棵。"可是爷爷不答应。他说："也许它的确是不行了。但是过冬之后可能还会萌芽抽枝的——说不定它正在养精蓄锐呢！记住，孩子，冬

天，你不要砍树。"

不出爷爷所料，第二年春天，这棵看上去已经死了的无花果树居然真的重新萌生新芽，和其他的树一样感受到了春天的来临，真正死去的只是几根枝丫。到了春天，整棵树看上去跟它的伙伴并没什么差别，一样的枝繁叶茂，绿荫宜人。

成年以后，我当了小学教师，在20多年的教学生涯中也不止一次地遇到类似的情形。那个因为口吃总是连字母也背不全的学生皮埃尔，现在竟成了一位小有名气的律师；而当年那位最淘气、成绩最差的男孩马斯克，后来成了大学的优等生，而今已经是一家拥有巨额资产的公司的副总裁了。

更值得一提的是我的小儿子布朗。他幼时不幸患了小儿麻痹，差点成了废人。可是我记住爷爷的话，不放弃对他的希望，也一直鼓励他不

要灰心丧气——而今他也成功地读完了大学课程，成了公共图书馆的一名管理员。要知道，布朗只有左手的三个手指能动弹，抬起手来扶一扶鼻梁上的眼镜都十分困难！

回想起来，只要我们不轻易放弃，凡事都有出现转机的可能。在过去的几十年中，我自己也不时遇到让人沮丧伤怀的事，但是爷爷的教诲却时时给我以鼓励，让我看到"冬天"以后的情景，从而顺利渡过了一个又一个家庭和事业的危机。

写作技巧 / Writing Skill

串珠式结构使文章一气呵成：文章所要传达的理念是不要在冬天砍树，即不要轻易放弃。在这一线索的贯穿下，文章用三个片断深化了主题，可谓有理有据，令人信服。

爱的箴言 / Loving Speaking

在生活中，有很多事情因为我们没有再去坚持一下而失败了，而成功与失败往往是一念之差。只要我们不轻易放弃，凡事都有出现转机的可能。在人生旅途中，我们会遇到很多大大小小的困难，只要不向困难低头，努力想办法去克服，相信就一定会迎来严冬之后的春天。

多努力一次

文/徐大庆

成功的秘诀就在于多努力一次。
多一点耐心，多一份坚持，你就有可能收获成功。

一 对从农村来城里打工的姐妹，被一家礼品公司招聘为业务员。

她们每天提着沉重的钟表、影集、茶杯、台灯以及各种工艺品的样品，沿着城市的大街小巷去寻找买主。五个多月过去了，她们跑断了腿，磨破了嘴，仍然到处碰壁。

无数次的失望磨掉了妹妹最后的耐心，她向姐姐提出两个人一起辞职，重找出路。姐姐说，万事开头难，再坚持一阵，也许下一次就有收获。妹妹不顾姐姐的挽留，毅然告别那家公司。

第二天，姐妹俩一同出门。妹妹按照招聘广告的指引到处找工作，姐姐依然提着样品四处寻找客户。那天晚上，妹妹求职无功而返，姐姐却拿回来推销生涯的第一张订单。一家姐姐四次登过门的公司要召开一个大型会议，向她订购250套精美的工艺品作为与会代表的纪念品，总价值20多万元。姐姐因此拿到2万元的提成，淘到了打工的第一桶金。从此，姐姐的业绩不断攀升，订单一个接一个而来。

6年过去了，姐姐拥有了汽车、100多平方米的住房和自己的礼品公司。而妹妹的工作却走马灯似的换着，连穿衣吃饭都要靠姐姐资助。

妹妹向姐姐请教成功的真谛。姐姐说："其实，我成功的全部秘诀就在于我比你多了一次努力。"

写作技巧 / Writing Skill

　　对比手法突出主题：姐妹俩做事的态度不同，导致了人生轨迹的不同，强烈的对比突出了文章的主题——成功需要多努力一次，这种写作手法令人印象深刻。

爱的箴言 / Loving Speaking

　　只相差一次努力，原本天赋相当、机遇相同的姐妹俩，自此走上了迥然不同的人生之路。其实不只是这位姐姐，多少业绩辉煌的知名人士的成功也源于"多了一次努力"。多一次努力吧，成功就在下一个路口。

多一句赞美

文/ [美]雅特·鲍奇华

生活中，多一句赞美，就多一丝温暖。
当善意的赞美成为大家的习惯时，周围的世界会美丽得多。

几天前，我和一位朋友在纽约搭计程车，下车时，朋友对司机说："谢谢，搭你的车十分舒适。"这司机听了愣了一愣，然后说："你是混黑道的吗？"

"不，我不是在寻你开心，我很佩服你在交通混乱时还能沉住气。""是呀！"司机说完，便驾车离开了。

"你为什么会这么说？"我不解地问。"我想让纽约多点人情味，"他答道，"唯有这样，这个城市才有救。"

"靠你一个人的力量怎能办得到？""我只是起带头作用。我相信一句小小的赞美能让那位司机整日心情愉快，如果他今天载了20位乘客，他就会对这20位乘客态度和善，而这些乘客受了司机的感染，也会对周遭的人和颜悦色。这样算来，我的好意可间接传达给1000人，不错吧？"

"但你怎能希望计程车司机会照你的想法做呢？""我并没有希望他，"朋友回答，"我知道这种做法是可遇不可求的，所以我尽量多对人和气，多赞美他人，即使一天的成功率只有30％，但仍可连带影响到3000人之多。"

"我承认这套理论很中听，但能有几分实际效果呢？""就算没效果我也毫无损失呀！开口称赞那司机花不了我几秒钟，他也不会少收几块小费。如果那人无动于衷，那也无妨，明天我还可以去称赞另一个计程车司机呀！"

"我看你脑袋有点天真病了。""从这就可看出你越来越冷漠了。我曾调查过邮局的员工，他们最感沮丧的除了薪水微薄外，另外就是欠缺别人对他们工作的肯定。"

"但他们的服务真的很差劲呀！""那是因为他们觉得没人在意他们

的服务质量。我们为何不多给他们一些鼓励呢？"

我们边走边聊，途经一个建筑工地，有几个工人正在一旁吃午餐。我朋友停下了脚步："这栋大楼盖得真好，你们的工作一定很危险辛苦吧？"那群工人带着狐疑的眼光望着我朋友。

离开工地后，我对他说："你这种人也可以列入濒临绝种动物了。"

"这些人也许会因我这一句话而更起劲地工作，这对所有的人何尝不是一件好事呢？"

"但光靠你一人有什么用呢？" "我常告诉自己千万不能泄气，让社会更有情原本就非易事，我能影响一个是一个……"

"刚才走过的女子姿色平庸，你还对她微笑？"我插嘴问道。"是呀！如果她是个老师，我想今天听她课的人一定如沐春风。"🔲

写作技巧 / Writing Skill

运用对话互动法，使文章主题鲜明："言为心声"，人物的语言可以折射一个人的性格特点，且对话自由灵活，有助于强化主题。

爱的箴言 / Loving Speaking

美好的生活需要赞美。真诚地赞美他人，于人于己都是一种鼓励。一句由衷的赞美、一个善意的微笑，不仅会带给人一天的好心情，还会让他人拥有行动的勇气和力量。

父亲的爱

文/ [美]邦拜克

父亲给予子女的爱是深沉的、含蓄的、内敛的，就像一张无形的大网，
看不见，摸不着，然而又无处不在。

父亲不懂得怎样表达爱，使我们一家人融洽相处的是我母亲。父亲只是每天上班、下班，而母亲则把我们做过的错事开列清单，然后由父亲来责骂我们。

小时候，有一次我偷了一块糖果。父亲坚持要我把它送回去，告诉卖糖果的店员说是我偷来的，说我应该替卖糖果的店员拆箱卸货作为赔偿。但这些被母亲制止了，因为她明白，我只是个孩子。

还有一次，我在运动场打秋千时跌断了腿。在前往医院的途中一直抱着我的，是我的母亲。父亲把汽车停在急诊室门口，医院的保安叫他

开走，说那空位是留给紧急车辆停放的。父亲听了，便叫嚷道："你以为这是什么车？旅游车吗？"

在我的生日宴会上，父亲总是显得有点手忙脚乱。他只是忙于吹气球，布置餐桌，做杂务。而把插着蜡烛的蛋糕推过来让我吹的，是我母亲。 在我翻阅相册时，同学总是问："你爸爸是什么样子的？"天晓得！他老是忙着替别人拍照。而母亲和我的合照，却多得数不胜数。

我记得母亲有一次叫父亲教我骑自行车。我叫他别放手，他却说应该放手。等我摔倒之后，母亲急忙跑过来扶我，父亲却挥手要她走开。我当时生气极了，决心要给他点颜色看看。于是，我马上再爬上自行车，而且自己骑给他看。他呢，只是微笑着看。

在我念大学时，所有的家信都是母亲写的。父亲除了寄支票以外，还寄过一封短信给我，说因为我好久没有在草坪上踢足球了，所以他的草坪长得很茂盛，很美。

每次我打电话给家里，父亲似乎都想跟我说话，但结果总是说："我叫你母亲过来听。"

在我结婚时，掉眼泪的是我母亲。父亲只是大声擤了一下鼻子，便快速走出了房间。我从小到大都听父亲说，"你到哪里去？""什么时候回家？""不，不准去。"……

总之，父亲完全不知道怎样表达爱。除非——会不会是他已经表达了，而我却没能察觉？🔲

写作技巧 / Writing Skill

寓褒于贬，先抑后扬：作者列举了父亲、母亲和"我"之间的桩桩小事，"我"总能感觉到母亲的爱，而似乎对父亲"完全不知道怎样表达爱"颇有微词。可随着"我"渐渐长大，终于明白，父爱其实在所有的小事中已经表达。

爱的箴言 / Loving Speaking

父亲是伟大的，他肩负着家庭责任的重担，为子女撑开一张爱的大伞。他总是为子女默默地做着工作，却很少用言语表达。但这样的爱更醇厚，就像陈年的老酒，随着我们长大成人，更能品味其中绵长的幽香。

感恩奉孝

文/崔逾瑜

孝，潜藏着一种巨大的能量，
一旦发掘，就可以撼人肺腑、感天动地。

她 叫刘芳艳，是一名大学生。谁能想到，这样一个个头不高、面容清秀的女孩，背着盲母上大学，用稚嫩单薄的双肩把一个破碎的家撑起，为年迈失明的母亲撑起一片晴空！

小芳艳出生于北方一个贫困的小山村。那里是名副其实的黄土高坡，恶劣的环境锻造了芳艳的坚强，可每当说起父亲，她总止不住泪水涟涟。14岁那年，芳艳的父亲患上食道癌，给这个一贫如洗的家一道晴天霹雳。双目失明的母亲整日以泪洗面，老实憨厚的哥哥不知所措，年幼的芳艳感到前所未有的无助与绝望。

　　北方的冬天冷得可怕。芳艳顶着漫天飞舞的雪花，翻山越岭来到县政府。这一天，是她读书以来第一次旷课。 芳艳从没见过县长，但为了救父亲，她鼓足勇气敲响了县长办公室的门。可是，县长不在。中午，县长还没回来，芳艳从书包里掏出冰冷的馒头，慢慢啃着，心里只有一个念头：要救父亲，我一定要等到县长！下午下班了，县长还没来。芳艳急了，向人一打听，才知道县长办完事后直接回家了。

　　雪下得更大了，凛冽的北风刮在脸上如刀割一般，芳艳按热心人的指点，踏着积雪，深一脚浅一脚地走向县长的家。晚上9点，她敲开县长家的门。或许是这个弱不禁风的小女孩的拳拳孝心感动了县长，他二话没说，安排民政局批了1000元钱。 钱很快花光了，芳艳和哥哥只好含泪把父亲从医院接回家。看着父亲食不下咽、骨瘦如柴的样子，芳艳知道，父亲的日子不多了。芳艳揣着借来的200元钱，请人给父亲做了口棺材。看到棺材，父亲的眼泪汹涌而出："娃，我死了，用两块木板一夹就行了，你们留点钱过日子！"芳艳哭着抓住父亲的手："爸，您没吃过一顿好饭，

没穿过一件新衣，连住的房子也破破烂烂。女儿治不好您的病，只能把这个做厚实点，您到那边，就不会再淋雨挨冻了。"

父亲去世后，生活的重担压到了芳艳和哥哥身上。几年后，芳艳历经千难万苦，如愿考取了外地的一所大学。就在这一年，哥哥外出打工，失去了联系。在千里之外求学的芳艳，总是放心不下家中年迈失明的母亲。一天，芳艳从邻居的电话中得知，母亲上山拾柴时，摔得浑身是伤。放下电话，芳艳再也忍不住，号啕大哭起来。"我已经失去父亲，再也不能失去母亲了。"芳艳做出一个艰难的决定：休学。

从此，芳艳背着行囊，牵着母亲，闯荡到某个城市，靠打工维持生计。在打工的日子里，芳艳一边悉心照顾母亲，一边省吃俭用赚学费。转眼，一年过去了，芳艳挣够了学费，就带着母亲返回了她日思夜想的大学校园。学校领导得知芳艳的经历后，十分感动，为她们母女提供了一间宿舍和每月100元生活费，同时，还为芳艳安排了两份勤工俭学的工作。每天傍晚，是芳艳和妈妈最快乐的时光。妈妈看着芳艳洗衣服、整理房间；芳艳读书读报给妈妈听，或讲学校里发生的趣闻趣事。有时，母女俩手牵着手，在校园里散步、晒太阳……母亲的牙齿掉光了，芳艳毫不犹豫地拿出辛苦攒下的钱，为母亲装上了一副假牙。从医院出来，芳艳买来一个苹果，递到母亲嘴边。母亲慢慢嚼着，开心地笑了。

母亲对芳艳怀着深深的愧疚。芳艳看出了妈妈的心思，安慰道："您是我妈，孝顺您是天经地义的，我就乐意做您的'眼睛'和'拐杖'！"芳艳依偎着妈妈，脸上满是幸福……

孝无声，爱无休。芳艳背负的不仅仅是年迈的亲娘，而是一座感恩的大山，更是恪守人伦的孝道。🈳

写作技巧 / Writing Skill

生动的细节描写，感人肺腑：本文最大的特点是细节描写传神。芳艳冒着风雪向县长请求贷款，借钱给父亲做棺材，为母亲装假牙和喂苹果……这些细节描写从不同角度体现了芳艳的孝道，真挚而感人。

爱的箴言 / Loving Speaking

羊有跪乳之恩，鸦有反哺之孝。寸草春晖，感念亲恩，更是人类的美德。感恩奉孝的力量是伟大的，它令我们的人生充满了崇高之美。那如春风般温暖的母爱，那如山般坚实的父爱，伴随我们一生一世，怎能忘怀？

钢玻璃杯的故事

文/肖琭珺

玻璃钢制作的杯子，经得起千万次的摔打；
具有钢铁般意志的人，怎能拉不住成功的手？

一个农民，初中只读了两年，家里就没钱继续供他上学了。他辍学回家，帮父亲耕种三亩薄田。在他19岁时，父亲去世了，家庭的重担全部压在了他的肩上。他要照顾身体不好的母亲，还有一位瘫痪在床的祖母。

20世纪80年代，农田承包到户。他把一块水洼挖成池塘，想养鱼。但乡里的干部告诉他，水田不能养鱼，只能种庄稼，他只好又把水塘填平。这件事成了一个笑话，在别人的眼里，他是一个想发财但又非常愚蠢的人。听说养鸡能赚钱，他向亲戚借了500元钱，养起了鸡。但是一场洪水后，鸡得了鸡瘟，几天内全部死光。500元对别人来说可能不算什么，但对一个只靠三亩薄田生活的家庭而言，却是个他们负担不起的数字。他的母亲受不了这个刺激，竟然忧郁而死。

他后来酿过酒，捕过鱼，甚至还在石矿的悬崖上帮人打过炮眼……可都没有赚到钱。35岁的时候，他还没有娶到媳妇。即使是离异的有孩子的女人也看不上他。因为他只有一间土屋，土屋随时有可能在一场大雨后倒塌。娶不上老婆的男人，在农村是没有人看得起的。

但他还想搏一搏，就四处借钱买了一辆手扶拖拉机。不料，上路不到半个月，这辆拖拉机就载着他冲入一条河里。他断了一条腿，成了瘸子。而那拖拉机，被人捞起来，已经支离破碎，他只能拆开它，当作废铁卖。几乎所有的人都说他这辈子完了。

但是后来他却成了我所在的这个城市里的一家公司的老总，手中有两亿元的资产。现在，许多人都知道他苦难的过去和富有传奇色彩的创业经历。许多媒体采访过他，许多报告文学描述过他。但我只记得这样一个情节。记者问他："在苦难的日子里，你凭什么一次又一次毫不退缩？"

他坐在宽大豪华的老板台后面，喝完了手里的一杯水。然后，他把玻璃杯子握在手

里，反问记者："如果我松手，这只杯子会怎样？"

记者说："摔在地上，碎了。"

"那我们试试看。"他说。

他手一松，杯子掉到地上发出清脆的声音，没有破碎，而是完好无损。

他说："即使有10个人在场，他们都会认为这只杯子必碎无疑。但是，这只杯子不是普通的玻璃杯，而是用玻璃钢制作的。"

于是，我记住了这段经典绝妙的对话。这样的人，即使只有一口气，他也会努力去拉住成功的手，除非上苍剥夺了他的生命……

写作技巧 / Writing Skill

结尾形象的借喻使文章出彩：无数次的失败，农民的意志仍坚不可摧；无数次的摔打，钢玻璃杯的杯身仍完好无损。结尾处巧妙的借喻使文章的主题立刻明朗。

爱的箴言 / Loving Speaking

在每个人的人生旅程中，都会遇到许多困难和挫折。孟子曾说："天将降大任于是人也，必先苦其心志，劳其筋骨，饿其体肤，空乏其身，行弗乱其所为……"勇敢地面对苦难吧，不退缩，不放弃。

共同的秘密

文/崔浩

一个人的早餐只是一顿早餐，12个人的早餐就是一份爱。
穿透十几年的岁月沧桑，闪亮的是12颗金灿灿的爱心。

矿工下井时，由于遇到了井下事故，不幸遇难。因为矿工是临时工，所以矿上只发放了一笔抚恤金，便不再过问矿工的妻子和儿子以后的生活。

悲痛的妻子在丧夫之痛后面临的是来自生活上的压力，她无一技之长，只好收拾行装准备回到那个闭塞的小山村去。这时矿工的队长找到了她，告诉她说矿工们都不爱吃矿上食堂做的早饭，建议她在矿上支个摊，卖点早点，一定可以维持生计。矿工妻子想了一想，便点头答应了。

于是一辆平板车往矿上一支，馄饨摊就开张了，八毛钱一碗的馄饨热气腾腾，开张第一天就一下来了12个人。随着时间的推移，吃馄饨的人越来越多，最多时可达二三十人，而最少时从未少过十二个人，而且风霜雪雨，从不间断。

时间一长，许多矿工的妻子都发现自己的丈夫养成了一个雷打不动的习惯：每天下井之前必须吃上一碗馄饨。妻子们百般猜疑，甚至采用跟踪、质问等种种方法来探求究竟，结果均一无所获。有的妻子故意做好早饭给丈夫吃，却发现丈夫仍然去馄饨摊吃上一碗馄饨。妻子们百思不得其解。

直到有一天，队长因一场事故受了重伤，弥留之际，他对妻子说："我死之后，你一定要接替我每天去吃一碗馄饨，这是我们队12个兄弟的约定，自己的兄弟死了，他的老婆孩子，咱们不帮谁帮。"

从此以后每天的早晨，在众多吃馄饨的人群中，又多了一个女人的身影。来去匆匆的人流不断，而时光变幻之间唯一不变的是不多不少的12个人。

时光飞逝，当年矿工的儿子已长大成人，而他饱经苦难的母亲也已

两鬓斑白，却依然用真诚的微笑面对着每一位前来吃馄饨的人，那是发自内心的真诚与善良。

更重要的是，前来光临馄饨摊的人，尽管年轻的代替了年老的，女人代替了男人，但从未少过12个人。穿透十几年岁月沧桑，依然闪亮的是12颗金灿灿的爱心。

有一种承诺可以抵达永远，而用爱心塑造的承诺，可穿越尘世间最昂贵的时光。12个共同的秘密其实只有一个秘密：爱可以永恒。

写作技巧 / Writing Skill

叙述抒情相结合，立意深刻：文章完整叙述了矿工及其家属帮助遇难矿友一家渡过生活难关的故事。在结尾处以一段抒情性的文字总结全文，点明了文章主旨，立意深刻，发人深思。

爱的箴言 / Loving Speaking

有的爱并不轰轰烈烈，但它却如涓涓细流，在流淌中跳跃着爱的音符。在你遇到困难时，朋友尽自己的所能，以自己的微薄之力帮助了你，年年月月。拥有这样的朋友，是你一生的福气。

姑父打了我

文/袁风华

为了不让孩子在错误的泥潭里越陷越深，
亲人采用了一种特殊的教育方式。

刚毕业那会儿，我工作挣钱不多，还沾染了很多恶习。好在城里有我的姑父、姑妈，老两口待我特好，我蹭饭吃就有了着落。每次去蹭饭，姑父总要为我上课，苦口婆心地教育我戒掉烟瘾、不要赌博、不要跟不三不四的社会青年混在一块……我听多了，心里烦躁，还有几许厌恶。

一天，吃完饭后，姑父把我带到了书房，得意而又神秘地向我展示新近收集到的一枚邮票。我大大咧咧地捏起它凑近欣赏起来。可万没想到，一不小心弄破了这枚邮票。姑父气得七窍生烟，不停地跺着脚，向我急吼："你知道它有多贵吗？2000块呀，我的天哪，怎么办？"

　　我惊呆了，一向温良恭俭的姑父顷刻之间变成了一只发怒的狮子。我知道闯了大祸，低着头小声说："我，我赔……"

　　"赔？"姑父反问我，"你看看你，现在是什么模样？你连吃饭都成问题了，怎么赔？就知道抽烟、喝酒、赌博、打台球、泡舞厅，你跟痞子有什么两样？你的进取心呢？"我"作恶多端"的老底被姑父无情揭穿了，吃了上顿愁下顿的窘境又被彻底看破，我不禁有些恼怒，骨子里的倔劲儿一下子蹿出来："我就是我，你别管！""啪"的一下，姑父毫不犹豫地甩过来一巴掌，打在我的后脑勺："我就是要管！"

　　我再次惊呆了。打我的不是生我养我的亲生父亲，而是我的姑父！瞬间，我扭头摔门而出。出门时，我跟自己咬牙切齿：我一定赔给你！

　　当天，姑妈来到我的住处，柔声跟我说："你别难过，那张邮票并不值钱，请你无论如何相信我。姑父这么做，实在是不想让你在错误的

泥潭里越陷越深。他近乎失望了，才要用这种方式来教育你。希望你重新捡回上进心，不要再让我们失望，好吗？其实我们像爱亲生儿女一样爱着你！"我的脑子乱成了一锅粥，有的只是责骂、打人、2000元。

之后，我毅然决然地戒掉了烟瘾和赌瘾，割断了与那些混混朋友的联系，一心扑在工作上。工作之余我做了两份家教，还送牛奶、拉广告……我身心俱疲，但始终抱着一个信念，那就是用铁一样的事实来回击姑父对我的失望。多年以后，我骄傲而又自信地兑现了我的诺言。

有一天我和姑妈回忆起那件特别的往事，我说："姑妈，你知道为什么从那以后我就学好了吗？"姑妈微笑着说："因为姑父打了你？""不！"我认真地回答，"是因为当时姑父哭了。"

写作技巧 / Writing Skill

巧妙地以人物的心理变化为线索，贯穿全文：从"我"对姑父最初的烦躁和厌恶，到邮票事件中的两次惊愕，再到毅然决然地与过去分手，最后骄傲而又自信地兑现诺言……一连串的心理变化脉络分明，文章因而浑然一体。

爱的箴言 / Loving Speaking

请不要让你的亲人失望，也不要让你的亲人伤心。你知道吗，只有亲人才可以在你误入迷途的时候伸出手来，真心诚意地帮你。请相信，亲人的鞭策也是一种爱。

归去来兮

文/ [美]苏珊娜·帕利

我们出门在外，亲人们总是惦念着。
这是一份真挚的深情，纵然有大海重洋，依然无法阻断。

纽约时间凌晨1点，我在网上碰到了弟弟，那正是巴格达的早上9点。弟弟并不是一个士兵，所以我还可以时不时在网上跟他聊聊。

"你在哪儿？"我在键盘上打出了一行字。"还是不说的好。"他回答。我知道，他害怕网络上的恐怖分子。谢天谢地，他还好，不过我还是忍不住训导他："我们有三天没有你的消息了。"他马上回复："行了行了，打住吧，我挺好的。"他打字的速度真快。

照弟弟自己的想法，他只不过是在那边工作而已。他是一个私营咨询公司的成员，为伊拉克人提供工作机会，帮助他们重建基础设施。他说父母整天在煽情的电视新闻产生的肥皂泡里过日子，父母却说他在制造平安无事的肥皂泡——既然他自己总说任何时候都能回家，可现在美国人在巴格达越来越危险，他为什么要冒险呢？

弟弟比我小12岁，今年也35岁了。可是只要他不在我眼前，我总是想起那个蹒跚学步的小男孩，长着一头柔软的金发。母亲是苏格兰人，我们兄弟俩的皮肤却有点橄榄色，这是继承了父亲的波斯血统。因此，我们都对东方着迷。

在伊拉克战争开始前的很长时间，弟弟就去了中东。他跟当地人一起学习、生活、工作。去巴格达参加重建，对他来说是再自然不过的事了。我虽然理解他，但也很生气，因为他实在让父母太担惊受怕了。

父亲80岁了，在癌症恢复期，母亲患着肺气肿。两个人都是面色苍白、神思恍惚，只要新闻里有什么特别报道，他们就吓得瞪大了眼睛。

现在，家里人团结得像衣服上的针脚那么紧密。我们都小心翼翼不让对方知道任何坏消息。父母不愿让我告诉弟弟，他们病得多么厉害，弟弟也不愿我跟父母说真话——比如他有时会突然从网上消失，回来后打上一行字："抱歉，刚才附近发生爆炸，现在我回来了。"我真是要辜负父母的信任了。

弟弟又打出了一行字："爸爸好吗？"我回答："好些了。"我的手指在键盘上游移着，趁着还没后悔，我又打上了一行字："现在是妈妈身体不大好，我有点害怕。"聊天停顿了一下。我知道这次他不会无所谓的。果然，他回答道："我明天乘飞机飞往阿曼，然后回纽约。"我很高兴大功告成，弟弟要回家了。

我告诉父母说，弟弟觉得自己需要休息一段时间了。母亲第一次喘匀了气，而父亲的眉头也舒展了些，他们看起来已经和以前差不多了。

弟弟刚回来的两天，大部分时间都在睡觉。有时候，母亲在他旁边的床上打个盹。有一天打雷，他一下子弹起来，猫着腰从屋里跑出去。后来，他"哧哧"地笑着跑回来又睡。他从未说过母亲的病情看起来不像我说得那么严重，我想他肯定很高兴找到个回家的理由。

弟弟回家的第三天，就有消息说他在巴格达住过的房子被炸了，他卧室的窗玻璃全碎了。我们看见他脸上很震惊，父母因此大受鼓舞：没准弟弟能待在家里了。父亲说："你在那边能干成什么呢？"母亲说："在这儿你也一样能帮助他们（伊拉克人），是不是？"

待在家里的日子一长，弟弟的事业被禁锢了。父母采取了各种"手段"，试图让他放弃工作。

弟弟偷偷地问我该怎么办，我很矛盾。母亲一再跟我嘟囔"你能让他留下"，父亲在夜里睡不着觉，常常起来为弟弟祷告，我能扛得住吗？最后，我还是下了决心。三个星期已经比任何一个士兵的探亲假都长了。现在弟弟回到巴格达，我至少可以在网上点一下他的名字，然后打上一行字："你在哪儿？"我感到一点安慰。

写作技巧 / Writing Skill

以精彩的细节描写烘托主题：为了表现主题，作者在情节选取上着实花费了一番工夫，比如父母对新闻的关注和为弟弟的生死担惊受怕，父亲为弟弟在夜间祈祷等。这些细节描写以小见大，纤毫毕见地体现了亲情的可贵。

爱的箴言 / Loving Speaking

每当聚散离合的时候，也就是亲人的眼泪流得最多的时刻，聚合则欣喜，离散则悲戚。亲人眷恋着我们，我们也眷恋着亲人。这份浓浓的亲情，令我们一生一世难以割舍。

好好挺着

文/温英杰

无论遇到什么挫折，一定要好好挺着，不要倒下。
在生活开始对你微笑时，你的崭新生活便开始了。

"**好**好挺着！" 第一次听到这句话时，我正在一家银行贷款。那年，我才18岁，刚接到一所师范大学的录取通知书。那时，父亲正病重，已在床上躺了一年。弟妹还小，都在中学读书。于是，我这个长子便在万般无奈之下捏着村里的证明到区银行借钱。

接待我的是位50多岁、头发花白的老伯。他接过我的证明，略微一看，便抬起头细细地打量我。我心中不由惶惑起来，慌乱之中的我只穿了一条旧短裤与一件红背心，脚还赤着。过了好久，那老伯放下手中的证明，摸着花白的头发在窄窄的室内踱起步来。我慌了，心想这回准借不到钱，先前我曾听人说过，现在向银行借钱要先给红包，再给回扣，

还要找经济担保人。可是，我哪来的钱给红包、给回扣，又找谁来做担保？我想伸手去拿回证明。

"别急！"老伯慢慢踱过来，轻按我的手，"借多少？""起码要3000元。"我知道自己的学费要2000元，弟弟和妹妹至少要600元。"3000元？要这么多？"老伯惊疑地看着我。

"是的，我三兄妹都读书。"老伯不再说什么，坐在桌边去签写一张票据。

当我捏着一叠钱正准备离开时，那位老伯突然走出来，目光定定地望着我。然后，他把手搭在我的肩上，用力摇了摇："小伙子，千万要好好挺着，以后的日子还很长。"那时，正是8月下旬，天气很闷热。我望着院外火辣的阳光，再看看手中的钱和那位老伯，泪便滚了下来。

进了学校，办好一切手续后，我便骑着一辆租来的单车吱吱呀呀地在城里转悠了几天，终于找到了两份打工的差事：替人守书摊和当家庭教师。每周三下午从1点到5点替人守书摊，每周三、五、日晚给一个初二的学生辅导功课。守书摊的摊主是个很和善的老头。他说他已摆了近十年书摊准备不摆了，可是他听说了我的境遇后便雇了我，说还想再摆几年。我照看书摊很是认真。可是，令我伤心的是，那个家教学生的母亲却很刁蛮。她不问自己女儿的底子如何，却要求我一定将她女儿的成绩提高到年级前5名。她还说拿了钱就得办事，就得办好事。委屈的我在一个雨后的中午与书摊的老头说起这事，老头听了，良久才抬起头，目光望向前方，说："再忍一忍、挺一挺吧，以后的日子还很长呢！"没想到，在这异地他乡，又一个萍水相逢的人对我意味深长地说出这个"挺"字。我不禁凄然泪下，也暗下决心一定要好好挺着。

大四时，父亲的病慢慢好了起来。弟弟和妹妹也相继接到大学的入学通知书。那天，又是盛夏，我再次赤着脚，冒着火辣辣的太阳去那家银行借钱。其时，我的贷款已高达万元，银行的领导不想借了，让我往别处想办法。我没说什么，我知道我无法可想。我找到了那位曾给我签过借据的老伯。他没说什么，将我带到银行主任那儿说："借给他吧，

我担保。"我的鼻子一酸，泪再一次流了出来。我知道，这万元巨款若用自己毕业后那三四百元的工资，就是待到猴年马月也还不清。我更知道，那时候银行将会对提供担保的人采取一定的措施。但没容我想下去，老伯便牵着我走了。他又一次摇摇我的肩："小伙子，好好挺着，以后的日子还长呢。"

几年前的某一天，我和弟弟妹妹一起还清了最后一笔贷款。是的，不管日后的路途如何艰险，我都不会退却。就为那些鼓励我"好好挺着"的人们，我也要选择坚强，好好地挺着。

写作技巧 / Writing Skill

串珠式的结构使文章一气呵成：一句"好好挺着"，既是文章的主题，又是叙事线索。主人公能够坚持下来，正是因了那些善良的人们赠予的这句鼓励和帮助，从而深化了主题。

爱的箴言 / Loving Speaking

当一个人的心变得足够坚强时，就没有什么不可逾越的障碍了。我们每个人在生活中都会不可避免地遇到各种各样的挫折，战胜挫折最好的办法就是永远不要低头，"好好挺着"。坚定的信念和拼搏的汗水，就是你迈向成功的阶梯。

还有一个苹果

文/张妍

人要想获得成功，就必须有坚定的信念。
只有以信念为原则，以勤奋为动力，才能一步步走向成功。

曾经有人讲过这样一个耐人寻味的故事：一场突然而来的沙漠风暴使一位旅行者迷失了前进的方向。更可怕的是，旅行者装水和干粮的背包也被风暴卷走了。他翻遍身上所有的口袋，只找到了一个青青的苹果。

"啊，我还有一个苹果！"旅行者惊喜地叫道。

他紧握着那个苹果，独自在沙漠中寻找出路。每当干渴、饥饿、疲乏袭来的时候，他都要看一看手中的苹果，抿一抿干裂的嘴唇，心里又会增添不少力量。

一天过去了，两天过去了。到了第三天，旅行者终于走出了荒漠。

那个他始终未曾咬过一口的青苹果，已经干巴得不成样子，他却宝贝似的一直紧攥在手里。

看到旅行者活着归来，人们不禁感到惊讶：一个表面上看起来是多么微不足道的青苹果，竟然会有如此不可思议的神奇力量！

这种力量叫信念。即使身处逆境，它也能帮助你扬起前进的风帆；即使遭遇不幸，亦能召唤你鼓起生活的勇气。信念，是蕴藏在心中的一团永不熄灭的火焰。信念，是保证一生追求目标成功的内在驱动力。🀄

写作技巧 / Writing Skill

托物寓意，使文章别具一格：看似普通的青苹果，在紧要关头却支撑旅行者活了下去，成为"信念"的代名词。这种写作方式，使得文章既生动感人，又深刻含蓄。

爱的箴言 / Loving Speaking

在人生的旅途中，不可能总是一帆风顺、事随人愿。有些人的身躯可能先天不足或后天病残，却能成为生活的强者，创造出常人难以创造的奇迹，这靠的就是信念。朋友，别怕逆境，播下信念的种子，让它在心底发芽，它将会生生不息地传给你力量，指引你前行。

孩子，请给妈妈让座

文/肖芸

父母对子女的最好馈赠，
就是培养他们的高尚品质。

儿子13岁生日那天，我很郑重地提出了一个要求：以后在公共汽车上，如果只有一个座位，那么请让座给我。儿子很吃惊，因为以前都是父母为他让座，这仿佛是天经地义的。我说："孩子，你快和妈妈一般高了。你身体健康、精力充沛，而妈妈已人到中年，腰腿都不如以前了。"儿子说："妈妈，我懂了。"

几天后，我和儿子路过一家大酒店，一个熟人正搂着她的宝贝儿子在众亲友的簇拥下走出门来。见到我，她神采飞扬地说，儿子12岁生日，摆了十几桌酒席。我问那男孩，知道妈妈的生日是几月几日吗？

那男孩发光的双眼顿时变得迷茫起来。熟人哈哈大笑，拍着我的肩说："将来想指望他们？没门儿！等你老了走不动了，就进养老院吧！"那一拨人风风光光地走了，我小心翼翼地将目光转向儿子。出乎我意料的是，儿子说："等那个阿姨老得走不动了，她就不会说这样的话了。"这回轮到我惊诧了：儿子真的长大了！

公共汽车上，终于有了一个空位，儿子习以为常地一屁股坐下，但随即触电般地跳了起来，说："妈妈，您坐。"我如梦初醒地坐下了。看来我和儿子都没习惯这样的让座，但我们都会习惯的，就像我们终究要习惯让孩子去独闯天下一样。

写作技巧 / Writing Skill

立意新颖，反弹琵琶：父母为孩子让座，仿佛是天经地义的。可作者偏偏从孩子要给妈妈让座写起，原来母亲的苦心乃是让孩子了解母亲的艰辛，使孩子的身心一起成长。这种写法可谓以小见大，别开生面。

爱的箴言 / Loving Speaking

父母爱孩子、疼孩子是与生俱来的，但爱不等于溺爱，疼不等于娇惯。养成正确的爱的习惯，会让我们获益匪浅。正是琐碎生活里一点一滴的爱的教育，凝聚成了孩子身上的许多高尚品质。

孩子无罪

文/刘国华

母爱是人性中最美丽的语言，它是包容的"灵药"，
它能抚平心灵中的怨恨，化解人世的嫉妒、报复……

这是一个真实的故事，讲的是第二次世界大战以后德国的事情：一个纳粹战犯被处决了，他的妻子因为无法忍受众人的羞辱，吊死在了自家的窗外。

第二天，邻居们走了出来，一抬头就看见了那个可怜的女人。窗户微开，她两岁的孩子正伸手向悬挂在窗框上的母亲爬去。眼看另一场悲剧就要发生了，人们都屏住了呼吸，默默地观望。

这时，一个叫艾娜的女人不顾一切地向楼上冲去，把危在旦夕的孩子救了下来。

　　艾娜收养了这个孩子，可她的丈夫正是因帮助犹太人而被这个孩子的父亲当街处决的。

　　街坊邻居中没人理解艾娜，甚至没有人同意让这个孩子留在他们的街区，他们让她把孩子送到孤儿院或者干脆把孩子扔掉。艾娜不肯，便有人整日整夜地向她家的窗户扔垃圾、辱骂她。她自己的孩子也对她不理解，甚至以离家出走相威胁。

　　可是，艾娜始终把孩子紧紧地抱在怀里，她说得最多的一句话就是："你是多么漂亮啊，你是一个小天使。"

　　渐渐地，孩子长大了，邻居们的行动已不那么偏激了。但是，还是有人常叫他"小纳粹"，同龄的孩子都不跟他玩。他变得性情古怪，常常以恶作剧为乐。直到有一天，他打断了一个孩子的肋骨，邻居们瞒着艾娜把他送到了十几里外的教养院。

　　半个月后，几乎发疯的艾娜费尽周折，终于找回了孩子。当他们

再次出现在愤怒的邻居们面前时，艾娜紧紧地护着孩子，对邻居们说："孩子是无罪的，给他点爱吧，他也会是一个可爱的天使的。"

就是从那个时候起，孩子知道了自己的身世，他痛哭流涕，悔恨充斥着幼小的心灵。艾娜告诉他，最好的补偿就是爱，爱身边的每一个人。

从此，他痛改前非，认真做人。在别人的诋毁与侮辱面前，他不再针锋相对；在别人有困难时，他又总是不计前嫌，乐于助人，并友善地与人相处，礼貌待人。

多年来，一直有一个坚定的信念在支撑着他：一个不相干的女人给了自己一份母亲的爱，我还有什么理由不去爱别人呢！🔲

写作技巧 / Writing Skill

一语点亮文思："孩子是无罪的，给他点爱吧……"这一发自肺腑的言语，道出了母亲的感受：她痛恨战争，却深为关切这个无辜的生命。这句话是对爱的呼告，表现了母亲无比宽容的胸怀。

爱的箴言 / Loving Speaking

可以说，母爱是这个世界上最无私而纯净的情感，它足以让一切丑恶的行为自惭形秽，甚至足以融化一切仇恨的坚冰。每个人的成长中都伴随着这样伟大的母爱，正是母爱的滋养让宽容、博爱等许多优秀的品质，在孩子身上得到了不朽的延续。

悔恨的泪水

文/李珊珊

真朋友是无言的牺牲、无悔的付出。
善待朋友，珍惜友谊，不给自己留下遗憾。

山姆和杰森是一对形影不离的好朋友。一天，他们在前往波士顿的途中发生了车祸。第二天早晨，杰森苏醒过来，但他失明了。

伯克利医生站在山姆的床边查看病历和用药情况，一副若有所思的样子。这时山姆醒了过来，医生微笑着问他："你今天感觉怎么样？"山姆竭力让自己表现得勇敢，也微笑着回答："好极了，医生。我很感谢您为我做的一切。"伯克利医生深受感动，他只能对山姆说："你是个很勇敢的人，上帝会用某种方式补偿你的。"

伯克利正要去诊视下一个病人，山姆叫住了他。他以近乎乞求的

语气说："答应我，您什么也不会告诉杰森。""你知道我不会告诉他的。相信我。"医生说完便离开了。

"谢谢。"山姆轻声说。他微笑着，仰望上方，开始祈祷……

几个月后，杰森差不多康复了，他却疏远了山姆。因为他不想和一个残疾人在一起，这让他感到沮丧和难堪。

山姆在孤独寂寞中失去了勇气，除了杰森，他没有任何可以信赖、依靠的人。山姆的生活每况愈下，直到有一天，他在绝望中死去。杰森受邀去参加葬礼。在葬礼上，伯克利医生交给他一封信。医生面无表情地说："这是给你的，杰森。山姆曾经叫我在他死后把信交给你。"

山姆在信中写道："亲爱的杰森，我曾经承诺过，如果我发生了什么事，就把自己的眼睛捐给你。我终于实现了自己的承诺。如今，你能够通过我的眼睛来感受世界，我也没有什么要向上帝乞求的了。你永远是我最好的朋友……山姆。"

见杰森看完了信，伯克利医生说："山姆为你做出了牺牲，我曾经答应过为他保守这个秘密。但是现在我希望我没有遵守承诺，因为我觉得他的牺牲不值得。"

杰森呆立在原地。他的余生只剩悔恨的泪水和过去与山姆在一起的回忆。

无论世事如何变幻，我们要自始至终坚守在朋友身边。没有了朋友，生命毫无意义。

写作技巧 / Writing Skill

巧埋伏笔使文章波澜起伏：文章开篇不久写到山姆要求伯克利为他保守秘密，至于是什么秘密作者避而不谈，此后情节继续发展，直到最后作者才揭开谜底——山姆把自己的眼睛捐给了杰森。这样的结局震撼人心，令人感慨。

爱的箴言 / Loving Speaking

天冷时，朋友为你带来一双手套；饥饿时，朋友将食物分你一半；郁闷时，朋友送上贴心的安慰。对于这些关怀，你都意识到了吗？愿我们都有一颗感恩的心，感谢朋友为我们做的一切，感谢他们陪我们度过的那些美好的岁月。

机会总爱乔装成麻烦

文/程玉珍

机会总爱乔装成麻烦，当别人交给你一项难题时，
他有可能也在为你创造一个机会。

那是一个星期五的下午，马上就要到下班的时间了。因为是周末，很多员工都显得放松了，纷纷盘算着怎么度过休息的时间。这时，一位陌生人走进来问朗格，哪儿能找到一位助手，帮他整理一下资料，因为他手头有些工作必须当天完成。朗格问道："请问您是……"那人回答："我们公司也在这个楼层，我是一位律师，我知道你们这里有速记员。"

朗格告诉他，公司里的所有速记员都去看体育比赛了，如果晚来五分钟，自己也会走。但朗格却说，自己还是愿意留下来帮他，因为"比赛以后还有的是机会，但是工作啊，必须在当天完成"。

做完工作后，律师问朗格："我应该付您多少钱？"朗格开玩笑地回答："哦，既然是您的工作，大约1000美元吧。如果是别人的工作，我是不会收取任何费用的。"朗格的回答不过是一个玩笑，他没有真正想得到1000美元。但出乎意料，那位律师竟然真的这样做了。三个月之后，在朗格已将此事忘到九霄云外时，律师找到了朗格，交给他1000美元，并且邀请朗格到自己的公司工作，薪水比他现在的要高得多。

如果不是你的工作，而你做了，这就是机会。有人曾经研究为什么当机会来临时我们无法把握，答案是：因为机会总是乔装成"麻烦"的样子。

写作技巧 / Writing Skill

主题深刻新颖，使文章有一定的启发性：主题是文章的灵魂和统帅，文章通过一个年轻人不怕麻烦帮助陌生人而获得工作机会，表达了"机会总爱乔装成麻烦"这一深刻新颖的主题，读后让人得到启示。

爱的箴言 / Loving Speaking

当麻烦来临时，一般人的反应是抱怨、躲开，殊不知，这麻烦中很可能蕴含着一个珍贵的机会。不要怕麻烦，勇敢地承担责任，机会一定会垂青于你，成功也会眷顾于你。

价值20美金的时间

文/马婧

在大人眼中，时间就是金钱。而在小孩子眼中，
金钱却能买来时间——家人团聚的幸福时光。

一 位父亲下班回家已经很晚了，他又累又烦。这时，他5岁的儿子靠在门边正等着他。"爸爸，我可以问你一个问题吗？"儿子问。"当然可以，什么问题？"父亲回答。"爸爸，你一小时可以挣多少钱？""我一小时挣20块。""爸爸，你可以借我10块钱吗？"父亲终于发怒了："如果你问这个问题只是要借钱去买一些毫无意义的玩具或东西的话，给我回到你的房间并上床，好好想想为什么你会那么自私！"

小孩安静地回到自己的房间，并关上了门。大约一个小时后，父亲慢慢平静下来，他开始觉得自己刚才对孩子可能太凶了。父亲走到小

孩的房间，问道："你睡了吗，儿子？""爸爸，我还没有睡呢。"小孩回答。"对不起，"父亲对孩子说，"我将今天的不愉快都爆发出来了，这是你要的10块钱。""爸爸，谢谢你！"孩子叫着，并愉快地从枕头下面拿出一些弄皱了的钞票，认真地数着，然后看着父亲。

父亲生气地问："为什么你有钱了还要问我要更多的钱？""因为之前我不够，但我现在足够了。"孩子看着父亲说，"现在我有20块钱了，我可以向你买一个小时的时间吗？你上班太辛苦了，明天请早一点回家，我想请你吃晚餐！"

写作技巧 / Writing Skill

先抑后扬的写法，令文章情趣横生：儿子向爸爸要钱并不是为了买玩具或好吃的，而是要买时间，让爸爸多陪陪自己。孩子的天真和真诚，怎能不使人感动？

爱的箴言 / Loving Speaking

父亲总想尽最大的努力，想把最好的都献给孩子，尽管有时会忽略了孩子的想法，但这却是最深沉的父爱。孩子在这样的爱中健康成长着，也在这样的付出中渐渐懂事。不知何时，他们已学会了用他们尽管幼稚、但纯洁而真挚的情感回报父母。

敬业的故事

文/秦汝佳

面对同样一份工作，当你具备了敬业的精神时，你会发现它不再枯燥、辛苦，
而是成了一条自我磨练与提升的途径。

这个故事发生在日本，故事的主角是一名利用假期到东京帝国饭店打工的女大学生。女大学生分配到的工作是清洗厕所。当她第一次刷洗马桶时，差点呕吐。勉强撑过几日后，她觉得难以继续，于是决定辞职。

一个偶然的机会，女大学生发现一位老清洁工居然在清洗工作完成后，从马桶里舀了一杯水喝下去！这个举动带给女大学生很大的启发，她了解到真正的敬业精神，那就是不论什么性质的工作，都有更高的质量可以追寻；工作的意义和价值，不在其高低贵贱如何，而在于从事这份工作的人，能否把重点放在工作本身，去挖掘其中的乐趣和价值。此

后，每当再清洗马桶时，女大学生不再觉得辛苦，而是将其视为自我磨练与提升的途径。

假期结束，当经理验收考核成果时，女大学生从自己清洗过的马桶里舀了一杯水喝下去！这个举动震惊了所有在场的人。

毕业后，这名女大学生顺利地进入帝国饭店工作。凭着一股敬业的精神，她在37岁以前就已成为东京帝国饭店最出色的员工和晋升最快的人。37岁以后，她步入政坛，成为日本内阁邮政大臣！

这名女大学生的名字叫野田圣子。每当她自我介绍时总是说："我是最敬业的厕所清洁工和最忠于职守的内阁大臣！"

写作技巧 / Writing Skill

结尾点题，使文章不同凡响：文章在讲述了日本内阁邮政大臣的励志故事后，以她的自我介绍收束全文，既与前文相互照应，又具有震撼人心的作用。

爱的箴言 / Loving Speaking

兢兢业业，认真负责，任劳任怨，精益求精……这些都是敬业的内涵。不要小看任何一种敬业的态度，也许它会为你赢得更多赞誉的目光，甚至成为你脱颖而出的筹码。

老师的眼泪

文/杨旭辉

泪光中，我们看到了老师的殷切期盼；
泪光中，我们明白了老师的良苦用心。

上高中的时候，我们班只是个普通班，比起学校里抽出的尖子生组成的六个实验班来说，考上大学的机会不多，因此除几个学习好的同学很努力外，我们大多数人都只是等着毕业混个文凭，然后找个工作。

班主任兼英语老师是个刚从师范学院毕业的学生，他非常敬业，每日催着我们学习、学习、再学习。但是说归说，由于许多人抱着破罐子破摔的想法，我们的成绩仍然上不去，在全校各科考试中屡屡名列倒数前三。

直到高二的一次英语联考，张榜公布的我们班的成绩却破天荒地超过几个实验班的学生，这使我们接连兴奋了好几天。

发卷的时候到了，老师平静地把卷子发给我们。我们欣喜地看着自己几乎从没考过的高分，老师说："请同学们自己计算一下分数。"数着数着，我的得分竟比实际分数高出20分，同学们也纷纷喊了起来，"老师给我们怎么多算了20分？"课堂上乱了起来。

老师把手摆了一下，班上静了下来。他沉重地说："是的，我给每位同学都多加了20分，这是我为自己的脸面也是为你们的脸面多加的20分。老师拼命地教你们，就是希望你们为老师争口气，让老师不要在别的老师面前始终低着头，也希望你们不要在别的班的同学面前总是低着头。"

老师接着说："我来自山村，我的父母都去得早，上中学时我曾连红薯、土豆都吃不起；大学放暑假，我每天到建筑工地拉砖，曾因饥饿而晕倒，但我就是凭着一股要强的精神上完师范。生活教会我在任何时候都不

能服输。而你们只不过分在普通班就丧失了信心，我很替你们难过。"

这时候教室里安静极了，我和我的同学们都低下了头。老师继续说："我希望我的学生们也做要强的人，任何时候都不服输。现在还只是高二，离高考还有一年多的时间，努力还来得及。愿你们不靠老师弄虚作假就挣回足够的分数，让老师能把头抬起来，继续要强下去。"

"同学们，拜托了！"说完，老师低下头，竟给我们深深地鞠了一躬。当他抬起头的时候，我们看到他的眼睛含满了泪水。

"老师。"班里的女生们都哭了起来，男生们的眼里也噙满了泪水。

那一节课，我们什么也没有学，但一年后的高考，我们以普通班的身份夺得了全校高考第一名。据校长讲，这在学校的历史上从未有过。

我们每一个学生都记住了老师的眼泪。

写作技巧 / Writing Skill

首尾呼应，画龙点睛：文章以一句话结束全文，自然有力，既点明了主题，又和题目相呼应，形成结构的完整美。

爱的箴言 / Loving Speaking

对于一群失去信心和斗志的学生，老师并没有放弃他们，而是用别有用心的分数和发自肺腑的言辞激起了学生的斗志。"任何时候都不能服输"，这是那位老师对其学生的教导，我们是不是也应该记住这句话呢？

老师领进门

文/刘绍棠

十年树木，百年树人。启蒙之恩，永生难忘。
不管岁月如何变迁，即使两鬓斑白，依然会由衷地呼唤您一声——老师！

1942年新春，我不满6周岁，到邻村小学读书。

这个小学坐落在关帝庙的后殿，只有一个老师，教四个年级，四个年级四个班，四个班只有40人。

老师姓田，私塾出身，后来到县立简易师范速成班受训三个月，17岁就开始了小学老师生涯。田老师执教40年，桃李满天下，弟子不下三千，今年已届古稀，退休归里10年了。

田老师很有口才，文笔也好。开学头一天，我们叩拜大成至圣老师孔夫子的木主之后，便排队进入教室。每个一年级，配备一位三年级的学兄带笔。田老师先给二年级和四年级学生上课，就命令三年级的学兄把着一年级学弟的小手，描红摹纸。

红摹纸上，一首小诗：一去二三里，烟村四五家。亭台六七座，八九十枝花。

田老师先把这首诗念一遍，串讲一遍；然后，以这四句诗为起承转合，编出一段故事，娓娓动听地讲起来。

我还记得，故事的大意是：一个小孩，牵着妈妈的衣襟，去姥姥家，一口气走出二三里。眼前要路过一个小村子，只有四五户人家，正在做午饭，家家冒炊烟。娘儿俩走累了，看见路边有六七座亭子，就走过去歇脚。亭子外边，花开得茂盛，小孩儿越看越喜欢，伸出指头点数，嘴里念叨着："……八枝，九枝，十枝。"她想折下一枝来，戴在耳丫上，把自己打扮得像个迎春小喜神。她刚要动手，妈妈喝住她，说："你折一枝，他折一枝，后边歇脚的人就不能看景了。"小孩儿听了妈妈的话，就回了手。后来，这八、九、十枝花，越开越多，数也数不过来，此地就变成一座大花园……

这个故事，有思想，有人物，有形象，有情趣。

我听得入了迷，恍如身临其境，田老师戛然而止，我却仍在发呆；

一去二三里，
烟村四五家。
亭台六七座，
八九十枝花。

直到三年级大学兄捅了我一下，我才惊醒。

那时候的语文叫国文，田老师每讲一课，都要编一个引人入胜的故事。一、二、三、四年级的课文，都是如此。我在田老师门下受业四年，听到上千个故事，有如春雨点点入地。从事文学创作，需要发达的形象思维，丰富的想象力，在这方面田老师培育了我，给我开了窍。

我回家乡去，在村边、河畔、堤坡，遇到老人拄杖散步，仍然像40年前的一年级小学生那样，恭恭敬敬地向他行礼。谈起往事，我深深感念他在我那幼小的心田上，播下文学的种子。老人摇摇头，说："这不过是无心插柳柳成荫。"

十年树木，百年树人。插柳之恩，我怎能忘？🀄

写作技巧 / Writing Skill

语言平实，情蕴文中：作者用平实的语言记录了启蒙老师的一节课以及对自己的影响，字里行间饱含着对老师的感激之情，尤其是结尾的抒情之语，更是发自肺腑。

爱的箴言 / Loving Speaking

带着对知识的渴望和好奇，年幼无知的我们懵懵懂懂地进了学堂。在那里，我们拼读"aoe"的声音开始响起，歪歪扭扭的字在老师手把手的指导下变得端正、整齐，不仅如此，我们还学会了一些做人的道理。师恩难忘，那个为我们点燃知识之光，给了我们人生启蒙教育的人会让我们永记心怀。

两个家庭

文/ [英]李·斯托克·希尔顿

每个家庭都有独特的家庭氛围。
炽热和冷静，激情和平淡，哪种风格才更好呢？

汉克斯一家和斯托克一家住在同一个小镇的同一条街道上，两家有相同的家庭成员：父亲、母亲、姐姐和弟弟。

汉克斯一家，即我姨妈家，是文明家庭的典范，家庭气氛十分轻松，人人彬彬有礼，连大嗓门说话都没有过；斯托克一家，也就是我家，通常生活在10分贝的音量中。我父亲只要将头伸出窗外，几英里外的人都能听到他的大嗓门。

我们两家的差别还不仅仅在嗓门上。套用电影来说，他们家是喜剧《父亲什么都知道》，一派幸福美好，安乐祥和；而我们家是悲剧《谁怕弗吉尼亚·吴尔夫》，总是危机重重，家无宁日。

汉克斯家有一只混种狗，是从收容所抱来的，长得平淡无奇，但很恋家，又会取悦主人；斯托克家有两只纯种的毕格尔犬，精力过剩，蹿上蹿下，吠叫不断。

冬天，汉克斯家用煤气点燃木材取暖，火势不旺但很温暖；斯托克家差不多用了一整罐汽油来点火。父亲是在康涅狄格州长大的，那里的冬天才称得上天寒地冻。他似乎从没适应得克萨斯州南部温和的冬天，至今仍大声地吩咐我们："孩子们，都靠后！"于是他开始点火，那炉火真是烤人，我们在房间里都待不住了。

没错，斯托克一家是感情强烈的，这在一开始就注定了。父亲参加飞行训练时，在学员班的舞会上对母亲一见钟情。此后，一封封洋洋洒洒、热情洋溢的情书从北非直抵母亲家中，母亲总爱编一些其他求婚

者的故事一次次地捉弄父亲。40年后，在母亲的葬礼上，父亲对我说："你母亲从来都是人群中最惹眼的一位。"

情感的烈焰容易把人灼伤。在他们结婚25周年纪念日，他们送给对方许多美好的祝愿，但在这背后是吵闹、冷战、没完没了的讥讽，婚姻已经千疮百孔了。也许爱还在，但他们再也不能在一起生活了。

姨妈一生都和姨父过着平静的婚姻生活。我记得他们最浪漫的一回是在她60岁生日时，他送了一件性感的黑色睡衣。那种文火，是不会灼伤人的。

炽热和冷静，激情和平淡，哪种更好？虽然我渴望宁静、安谧的生活，但如果在宁静中伴有炽热，在安谧中偶有激情，那岂不是最理想？

写作技巧 / Writing Skill

妙用对比描写，使主题更鲜明：作者列举了汉克斯一家（姨妈家）和斯托克一家（"我"家）在家庭生活中的方方面面，无论哪个方面两家都有着鲜明的对比，前者如文火，后者似烈焰，表达了作者对理想家庭生活的向往。

爱的箴言 / Loving Speaking

家庭生活对一个人的成长有着重要影响。生活在什么样的环境中，就会造就什么样的人。但不管哪种风格的家庭氛围，只要家人彼此关爱，就是阳光的、健康的。

灵魂深处的感动

文/邹晓霞

是什么让我们的灵魂深处受到感动?
那是骨肉相连的手足亲情,温暖我们的一生。

我的家在一个偏僻的小山村,可想而知家里并不富裕。我有一个5岁的弟弟。有一次,我禁不住漂亮花手绢的诱惑,偷拿了父亲抽屉里5角钱。父亲当天就发现钱少了,就让我们跪在墙边,拿着竹竿,让我们承认到底是谁偷的。

我被吓坏了,低着头不敢说话。父亲见我们都不承认,就说,那两个一起打。说完就扬起手里的竹竿,忽然弟弟抓住父亲的手说:"爸,是我偷的,别打我姐。"

父亲手里的竹竿无情地落在弟弟的背上、肩上,父亲气喘吁吁地骂道："现在就知道偷家里的，将来长大了还得了？"

当天晚上，我和母亲搂着伤痕累累的弟弟，弟弟一滴眼泪都没掉。

半夜里，我突然号啕大哭，弟弟用小手捂住我的嘴说："姐姐别哭，反正我也挨完打了。"

我一直恨自己当初没有勇气承认，事过多年，弟弟为了我挡竹竿时的样子我仍然记忆犹新。

我和弟弟都是品学兼优的好学生。同一年，我考上了大学，弟弟也被省城重点高中录取。

那天晚上，父亲蹲在院子里一袋一袋地抽着旱烟，嘴里还叨咕着："两娃都这么争气，真争气。"

母亲偷偷抹着眼泪说："争气有啥用啊，拿啥供啊？"

弟弟走到父亲面前说："爸，我不想念了，反正也念够了。"

父亲一巴掌打在弟弟的脸上，说："你咋就这么没出息？我就是砸锅卖铁也要把你们姐弟俩供出来。"说完，他转身出去挨家挨户借钱。

我抚摩着弟弟红肿的脸说："你得念下去，男娃不念书就一辈子走不出这穷山沟了。"弟弟看着我，点点头。当时，我已经决定放弃上学的机会了。

没想到第二天天还没有亮，弟弟就偷偷带着几件破衣服和几个干馒头走了。他在我枕边留下了一个纸条：姐，你别愁了，考上大学不容易，我出去打工供你读书。

我握着那张字条，趴在炕上，失声痛哭。

我用父亲满村子借来的钱和弟弟在工地里搬水泥挣的钱终于读到了大三。一天我正在寝室里看书，一个同学跑进来喊我："有个老乡在找你。"怎么会有老乡找我呢？我走出去，远远地看见弟弟，只见他穿着满身是水泥和沙子的工作服正在等我。

我说："你咋和我同学说你是我老乡啊？"

他笑着说："你看我穿成这样，说是你弟，你同学还不笑话你？"

我鼻子一酸，眼泪就落了下来。我给弟弟拍去身上的尘土，哽咽着说："你本来就是我弟，这辈子不管穿成啥样，我都不怕别人笑话。"

这些年来，弟弟为我放弃了好多东西。

弟弟直到30岁那年，才和一个本分的农村姑娘结了婚。

在婚礼上，主持人问他："你最敬爱的人是谁？"他想都没想就回答："我姐。"

弟弟讲起了一个我都记不得的故事：

"我刚上小学的时候，学校在邻村，每天我和我姐都得走上一个小时才到家。有一天，我的手套丢了一只，我姐就把她的给我一只，她自己就戴一只手套走了那么远的路。回家以后，我姐的那只手冻得都拿不起筷子了。从那时候，我就发誓我这辈子一定要对我姐好。"

台下一片掌声，宾客们都把目光转向我。

我说："我这一辈子最感谢的人是我弟。"在我最应该高兴的时候，我却止不住泪流满面。

写作技巧 / Writing Skill

妙用镜头剪接法，将许多的感人故事连缀成篇：作者像一个高明的摄影师，将一个个故事情节展示给读者：弟弟代姐姐受责，弟弟打工供姐姐读书，弟弟以老乡的身份见姐姐……而最后出现的婚礼故事，则把气氛推向了高潮，文章戛然而止，就此定格，令人回味无穷。

爱的箴言 / Loving Speaking

姐弟情深深几许？有谁算得清？姐弟是亲人，流着相同的血；姐弟是朋友，在生活中互相扶助……这些情加起来，到底有多深呢？恐怕"桃花潭水深千尺"，也"不及人间姐弟情"吧！

令人崇敬的母亲

文/ [美]玛丽·莱坚特

一个拥有美貌和才艺的母亲，是令人羡慕的，
而一个无所不能、充满爱心的母亲，更加令人崇敬。

像大多数小孩子一样，我相信我母亲无所不能。她是个精力充沛、朝气蓬勃的女性，打网球，缝制所有的衣服，还为一个报纸专栏供稿。我对她的才艺和美貌崇敬无比。

母亲爱请客，她会花好几小时做饭前小吃，摘下花园里的鲜花摆满一屋子，并把家具重新布置，让朋友们好好跳舞。然而，最爱跳舞的是母亲自己。我会入迷地看着她在欢聚前盛装打扮。直到今天，我还记得我们喜爱的那件配有深黑色精细网织罩衣的黑裙子，那件衣服把她那金黄色的头发衬托得格外美丽。然后，她会穿上黑色的高跟舞鞋，成为我

眼中全世界最美的女人。

可是在31岁的时候，她的生活变了，我的生活也变了。仿佛在突然之间，她因为生了一个良性脊椎瘤而瘫痪，平躺着睡在医院病床上。我当时10岁，年纪还小，不能领会这种病会带来怎样的结果，更不明白她从此以后便和以前永远不一样了。

母亲以她对其他一切事物的那种积极心情面对她的病。经过一段时间的治疗，母亲终于可以起来坐轮椅了。于是，她开始尽力学习一切残疾人士的知识，后来成立了一个名叫残障社的辅导团体。

有天晚上，母亲带着我的妹妹和我到残障社去。我从没见到过那么多身体上有各种不同残疾的人。我回到家里，心想，我们是多么幸运啊。

由于母亲那么乐观地接受了她的处境，我也很少对此感到悲伤或怨恨。

可是有一天，我不能再心平气和了。在我母亲穿高跟鞋的形象消失以后很久，我家有个晚会。当时我十几岁，当我看到微笑着的母亲坐在旁边看她的朋友跳舞时，突然醒悟到她的身体缺陷是多么残酷。我奔回自己的卧室，哭了起来，对我母亲身受的不平深感愤慨。

我长大后在州监狱任职，母亲毛遂自荐去监狱教授写作。我记得只要她一到，囚犯们便围着她，专心聆听她讲的每一个字，就像我小时候那样。她甚至不能再去监狱时，仍与囚犯们通信。

有一天，她给了我一封信，叫我寄给一个姓韦蒙的囚犯。我问她我可不可以看信，她答应了，但她完全没想到这信会给我多大的启示。信是这么写的：

亲爱的韦蒙：

自从接到你的信后，我便时常想到你。你提起关在监狱里是多么难受，我深为同情。可是你说我不能想象坐牢的滋味，那我觉得你是大错特错了。监狱是有许多种的，韦蒙。

我31岁时有天醒来，人完全瘫痪了。一想到自己被囚在躯体之内，再也不能在草地上跑或跳舞或抱我的孩子时，我伤心极了。有好长一段时间，我躺在那里问自己这种生活究竟值不值。我所重视的所有东西，似乎都已失去了。可是，后来有一天，我忽然想到我仍有选择的自由。比如，看见我的孩子时应该笑还是哭？我应该咒骂上帝还是请他加强我的信心？换句话说，我应该怎样运用仍然属于我的自由意志？

我决心尽可能充实地生活，设法超越我身体的缺陷，扩展自己的思想和精神境界。我可以选择为孩子做个好榜样，也可以在感情上和肉体上枯萎死亡。自由有很多种，韦蒙。我们失去一种，就要寻找另一种。你可以看着铁栏，也可以穿过铁栏往外看，你可以作为年轻囚友的榜样，也可以和捣乱分子混在一起。从某种程度上说，韦蒙，我们的命运相同……

看完信时，我已泪眼模糊。然而，我这时才能把母亲看得更加清楚，我再度感到一个女儿对无所不能的母亲的崇敬。

写作技巧 / Writing Skill

以"我"的心情变化为线索构建文章：母亲的经历是曲折的，"我"的心情也随之变化，如对健美的母亲崇敬无比，对残疾的母亲感伤不平，对给囚犯写信的母亲再次充满崇敬。此法既烘托了主要人物，又使文章充满人情味。

爱的箴言 / Loving Speaking

故事中的母亲具有常人不可多得的坚强品质，令"我"深深崇敬和感动。可以说，母亲是孩子的镜子。母亲的嘉言懿行，不但对她周围的人产生了积极影响，而且在子女的心中留下了不可磨灭的印记。感谢母亲，让我们学会了坚强！

留只眼睛看自己

文/九歌

在奔向成功的路途上，一定要留出时间不断地反思自己、修正自己，这样才能尽快地达到目标。

宫本五藏和柳生义寿郎是日本近代的知名剑客，宫本是柳生的师父。

柳生在拜师学艺时，曾经急切地问宫本："师父，你看凭我的条件，需要练多久才能成为一流的剑客呢？"

宫本回答："至少要10年吧！"

柳生一听这话更着急了，又问："如果我能加倍苦练，那需要多久才可以成为一流的剑客呢？"

宫本回答说："那就得20年了！"

听了师父的话，柳生一脸狐疑，又接着问："假如我再利用晚上的时间，夜以继日地苦练，那又要多久才可以成为一流的剑客？"

这次宫本回答："那你只会劳累而亡，再也无法成为一流的剑客了。"

柳生觉得师父的说法太矛盾，就问宫本："师父，为什么我越是努力地练剑，成为一流剑客的时间反而越长呢？"

宫本的回答是："要当一流剑客的先决条件，就是必须永远保留一只眼睛注视自己，不断地反省。如果你的两只眼睛都紧紧盯着那个'一流剑客'的招牌，哪里还有眼睛注视自己呢？"

听了师父的话，聪慧的柳生忽然开窍。后来，他照着宫本的要求去做，终于成了一位名垂青史的剑客。

写作技巧 / Writing Skill

以问答的形式切入主题：文章用"怎样成为一流剑客"这个问题贯串全文，通过师徒二人一问一答的形式层层铺垫，最终体现全文的中心思想。

爱的箴言 / Loving Speaking

我们不妨记住两位剑客的精彩对白，像他们一样留一只眼睛看自己，常常反省一下，看看自己努力的方向是不是正确，想想行动的方案是不是切合实际。通过反省，我们才能发现偏差，而后校正自己的目标和行动，最终将梦想变成现实。

楼梯上的扶手

文/ [英]爱德华·齐格勒

曾几何时，父母不能再拉着儿女的手去看夕阳，
此时儿女就成了他们手中的拐杖。

我的腿跛得厉害，上下楼梯时拉扶手使的劲越来越大，走楼梯、跨台阶、去溪边也越来越不利落。从我3岁那年得了骨髓灰质炎并留下后遗症后，我这两条病弱的腿就成了自己不渝的伙伴。如今，我已经45岁了。我的儿子麦修具备所有我所缺乏的自信。他今年17岁，有一头金黄色的头发，体格健壮。他的手很巧，是个抓鳟鱼的能手。

他一天天地长大，而我却一天天衰弱。看看晃晃荡荡的楼梯扶手，我的担心与日俱增，修扶手已不能再拖了。我去请过几个木工，可谁也不想来干这点零活。我走楼梯需更小心谨慎了。

　　我虽然跛，不过在晴朗的夜晚我还能搬着我那老式的尤尼特伦望远镜登上松林边的小山冈，把望远镜支在三角架上，对着星图寻找新的球状星云和双星。麦特（麦修的爱称）常来帮我支架望远镜。有时他会留下来透过接目镜看看天空。也是在这样一个夜晚，他又要我讲讲他和天狼星——那颗天空中最亮的恒星之间的故事。西瑞依斯（天狼星）是麦特的中间名字，是为纪念他出生在蓝白的天狼星和壮观的猎户座星光下而起的。麦特就是在这座小山冈下面的小松林里出生的。

　　那天他母亲沙莉是半夜以后醒过来的。她用变了调的尖声叫醒了我："快起来，孩子就要降生了！"那时我的腿比现在灵便，我跳起来穿上衣服，抓了车钥匙就冲下楼去。沙莉已经给医生打了电话，又叫了一个邻居来照看安德鲁。等那邻

居来了以后，沙莉和我就去上车。我们那辆月白色的老福特停在50英尺外的松林旁边。我坐在方向盘后面，"上车吧，沙莉，我们走。"我说。她还在犹豫。"我……我不能坐了。""你怎么了？""婴儿的头就要生出来了……你最好还是过来接着吧！"这时沙莉已经爬上了前座："你快过来呀！"我从来没听过这种充满了惊恐和紧张的声音。在这秋夜的星光下，我过去接住了婴儿。这个小小的、有着体温的圆东西还没有完全生出来，就爆发出响亮的哭声。我右手托着他的脑袋，左手托着后背，惊奇地看着这个能哭会喊的像模像样的婴儿。我小心翼翼地提着婴儿的脚后跟，托着婴儿的头，借着星光我看到小身体上那个小雀雀正对着我。"是个男孩！"我喊了起来，兴奋的热血涌遍了全身。接着我把他递给了他母亲，给他们披上了大衣。一会儿救护车到了，医护人员接替了我。这就是婴儿在洗礼时被命名为麦修·西瑞依斯的缘由——因为他降生到我的双手中时，天狼星正在我的头顶上照耀着。

有天晚上，我工作完后正准备攀扶着楼梯上楼去休息时，发现扶手已不再晃荡了，它好像被钉在岩石上。"沙莉，"我喊道，"你知道这扶手修好了吗？""对，你去问问麦特。"麦特回来后，说扶手是他修的。"那我该为你做什么呢？""不用，你已经为我做过了。你知道，我降生在你的双手里，使我没落在地上。所以，我该报答你。"在沉默中，我的心感到一种强烈的感情热流在我们之间流动。

10年过去了，楼梯扶手依然牢固如初。天狼星也依然在松林上升起，而我每次看到它，心里就充满谢意。🀄

写作技巧 / Writing Skill

双线交织叙述，情感一以贯之：本文是用两条线索贯穿起来的，一条线索是楼梯被修好的经过，一条线索是儿子的名字和天狼星的故事。虽然两条线索交织在一起，但由于都是围绕父子亲情的主题，所以条理分明，丝毫不乱。

爱的箴言 / Loving Speaking

再坚强的父亲，也会为孩子那份爱的回报而为之动容；再聪明独立的我们，在成长的过程中，也离不开父亲的扶持。人生道路上，似乎总有无限的爱与温暖伴随我们前行，那便是父爱，深沉的父爱。

洛克菲勒孙子怎么花零用钱

文/ [美]D.M.劳森

有些父爱是十分严格的，
因为这样的父亲考虑问题更加长远，
是真正为孩子的未来着想。

小约翰·D.洛克菲勒（石油大王约翰·D.洛克菲勒的儿子）一直认为，自己是父亲巨额财产的管理者而不是拥有者。他把博爱当作毕生的事业，一生为公共事业捐献了五千多万美元。他曾出资修缮凡尔赛宫，设立了阿卡迪亚和格兰德泰顿国家公园，捐献地皮给联合国在纽约设立总部。

在这里，我们看到的是他在1920年5月1日写给儿子约翰·D.洛克菲勒三世的一封信。小约翰·D.洛克菲勒当时46岁，在信里他为14岁的儿子列出了"财政"要求。儿子约翰·D.洛克菲勒三世长大之后继承父亲的遗志，成为洛克菲勒基金委员会的主席。信的全文如下：

爸爸和约翰的备忘录——零用钱处理细则：

1.从5月1日起，约翰的零用钱起始标准为每周1美元50美分。

2.每周末核对账目，如果当周约翰的财政记录让父亲满意，下周的零用钱上浮10美分（最高零用钱金额可等于但不超过每周2美元）。

3.每周末核对账目，如果当周约翰的财政记录不合规定或无法让父亲满意，下周的零用钱下调10美分。4.在任何一周，如果没有可记录的收入或支出，下周的零用钱保持本周水平。5.每周末核对账目，如果当周约翰的财政记录合于规定，但书写或计算不能令爸爸满意，下周的零用钱保持本周水平。6.爸爸是零用钱水准调节的唯一评判人。

7.双方同意将至少20%的零用钱用于公益事业。8.双方同意将至少20%的零用钱用于储蓄。9.双方同意每项支出都必须清楚、确切地被记录。 10.双方同意在未经爸爸、妈妈或斯格尔思小姐（家庭教师）的同意下，约翰不可以购买商品，并不得向爸爸、妈妈要钱。11.双方同意如果约翰需要购买零用钱使用范围以外的商品时，约翰必须

征得爸爸、妈妈或斯格尔思小姐的同意，后者将给予约翰足够的资金。找回的零钱和标明商品价格、找零的收据必须在商品购买的当天晚上交给资金的给予方。12.双方同意约翰不向任何家庭教师、爸爸的助手和他人要求垫付资金（车费除外）。13.对于约翰存进银行账户的零用钱，其超过20%的部分（见细则第8款），爸爸将向约翰的账户补加同等数量的存款。14.以上零用钱公约细则将长期有效，直到签字双方同时决定修改其内容。

以上协议，双方同意并执行。

小约翰·D.洛克菲勒（签名）

约翰·D.洛克菲勒三世（签名）

写作技巧 / Writing Skill

文风质朴，自含深意：鲁迅说，为文要"有真意，去粉饰，少卖弄，勿做作"。本文的文笔就非常质朴，没有一句华丽的辞藻，一张明明白白的"契约式"备忘录胜过无数箴言警句，其中蕴涵的教子苦心，令人感佩。

爱的箴言 / Loving Speaking

亲人的严格要求也是一种爱。它不仅可以激励一个人奋发进取，甚至可以影响到一个人的毕生追求。懂得这种爱的人，才会真正成长。

没空相处

文/申哲宇

人生是很短暂的，
如果你只是忙于身外之物而忽略了亲情，
就会丧失很多幸福和快乐。

有 一天，我的儿子出生了。他很可爱，但我没时间陪他，因为我要挣钱养家。我不在他身边时，他学会了走路和说话。他说："爸爸，我长大后会像你一样。"我摸了一下他的脸颊，然后夹着公文包往外走。儿子抱着他心爱的猫，抬头问我："爸爸，你什么时候回家？""哦，说不准，不过爸爸有空一定陪你玩，我们一定会玩得很开心的。"

有一天，我的儿子10岁了，我送了他一个篮球。他说："谢谢爸爸，你能教我打篮球吗？"我说："今天恐怕不行，我还有很多事要做呢。""那好吧。"他脸上没有显出失望，他很坚强，越来越像我了。

有一天，他从大学放暑假回家了，完全是一个男子汉的模样。我对他说："儿子，你让我感到自豪。你能坐下来和我说会儿话吗？"他摇摇头，笑着说："暑假里我约了同学出去兜风，你能把车子借我用用吗？谢谢，再见。"

我退休了，儿子也结婚搬出去住了。有一天，我给他打电话："我想见见你。"他说："爸爸，我很想去看你，但今天不行，我还有许多事要做！"我忽然觉得这话太熟悉了。啊，儿子长大了，真的很像当年的我。我摸着怀里的猫，最后问道："儿子，你什么时候回家？""哦，说不准。不过我有空一定会去看你，我们一定谈得很开心。"

但愿这种事不要在你身上发生，因为人生只有一次，不能重来。🔲

写作技巧 / Writing Skill

运用对比烘托主题：前两段写父亲没空照顾儿子，后两段写儿子没空陪伴父亲。在这种情境的转换中，双方推辞的口吻竟然出奇的一致。这种鲜明的对比反映了亲情缺失的悲哀，读罢发人深思。

爱的箴言 / Loving Speaking

感情是双向的、互动的，而且在一起相处久了，才更情意深长。因为没空相处，亲人间的关系就会疏远。请学会关爱你的亲人吧，"找点时间，常回家看看"。

没有等很久

文/孙晓华

用一生来守候一份爱情，
这样的爱孤独而苍凉，却无怨无悔，
已然被时光之刀雕成了永恒。

男孩和女孩常常相约在镇上孔庙后面的板栗树下见面。男孩总爱迟到。他每次来的时候，女孩早已站在树下等他了。男孩见女孩的第一句话总是说："对不起，我来晚了。"女孩总是抿嘴微微一笑，说："没关系，我也刚来一会儿，没有等很久。"那时，男孩18岁，女孩16岁。

时间一天天地过去了，孔庙后面的板栗树越来越蓊郁，男孩和女孩也长大了，双方父母为他们定下了婚约。

婚礼的前一晚，月亮很大很圆，明晃晃地照在板栗树上。深秋的夜风有点凉意，男孩把女孩紧紧地拥在怀里，说："我会好好疼你一辈子的。"被拥在男孩怀里的女孩感到呼吸困难，却不愿男孩松开。

鞭炮放起来了，婚礼开始了，但迟迟不见新郎来迎亲。这时有人跑来送信，说新郎在来迎亲的路上被国民党军队抓去做壮丁了。女孩听到这消息，顿时就昏了过去。

被抓去做壮丁的男孩打过仗，负过伤，最后随军去了台湾。到了台湾后，他日夜思念自己的未婚妻。她结婚了吗？有孩子了吗？还常去那棵板栗树下吗？后来，男孩结婚了，有了四个孩子，不过他一直都没有停止对那个女孩的怀念。

一晃过了46个春秋，他的老伴患病去世了。他放不下故乡旧情，终于踏上了故乡的土地。可是，家乡小镇早已物是人非。孔庙被拆了，那里现在是一条商业街，不过那棵板栗树还在，只是树下早已不见了女孩当年那熟悉的身影。

幸好，有关部门终于帮助他联系到了当年的那个女孩。令他惊异的是，这么多年来，她一直都没有嫁人，还在孤独而执著地等着他！

男孩和女孩相约当天晚上在那棵板栗树下见面。又是一个月圆夜，风也一如46年前，凉凉的。

男孩急匆匆地走向那棵板栗树，远远地看见树下坐着一个满头白发的老太太，他的心一动，快步向她跑去。

听见脚步声，老太太慢慢地抬起头来——那熟悉的眼神，让他蓦地停下来，老泪涌出眼眶，哽咽着说："对不起，我来晚了……"

她艰难地站起身来，平静地笑了笑，说："没关系，我也是刚到一会儿，没有等很久……"

写作技巧 / Writing Skill

善用侧面描写，衬托主要人物：故事的主角虽然是女孩，作者却站在男孩的视角，运用了大量的笔墨描写了男孩被迫失约、海外生活、返乡重聚等故事情节，这样的侧面描写更加衬托出女孩等待的辛酸和坚持的不易。

爱的箴言 / Loving Speaking

坚贞的爱情，贵在坚持的勇气——用46年的等待时间来见证真爱，将爱情进行到底。这份坚持，比海誓山盟更纯粹，更令我们感动。

美国第一座女人雕像

文/ [美]莎拉·科恩·布莱恩特

"爱之花开放的地方，生命便欣欣向荣。"
为纪念爱而塑造的一尊女人雕像，是新奥尔良永恒的风景。

你是否去过美丽的新奥尔良？当地人一定会领你去满是银行、商店和酒店的老城区，一定会领你去看看一个小广场上塑于1884年的一个雕像。雕像塑的是一位女士，她穿着普通，坐在椅子里，手揽着一个小孩。可她望着你的眼神，就好像你的母亲望着你一样。你或许想不到，这是美国第一座为女人而塑的雕像。这座雕像的女人名叫玛格丽特，全名是玛格丽特·霍革赫瑞。下面就是她的故事，以及人们为什么要为她塑一尊雕像来永久地纪念她。

玛格丽特还在襁褓里的时候，她的父母就去世了。后来，一对与她父母一样贫困但和善的年轻夫妇收养了她。在养父母的照料下，玛格丽特慢慢地长大了，成了家，有了自己的小孩。可是没过多久，她的丈夫就去世了，小孩也死了。玛格丽特在这个世界上成了孤零零的一个人。她很贫穷，但是她很坚强，知道应该怎样工作养活自己。

玛格丽特在洗衣房起早贪黑地烫衣服。每天她在窗旁工作都可以看到窗外孤儿院的小孩劳动、嬉戏。

不久，一场恶疾肆虐当地，许多父母因此丧生。急剧增多的孤儿让孤儿院负担不过来了。你大概根本想不到，一个在洗衣房工作的贫苦女人会向他们大施援手。对，就是玛格丽特。她跑到孤儿院对负责的修女说，她将从每月的薪水中拿出一部分来资助孤儿院，并且会不时过来帮忙。

玛格丽特开始更加卖力地工作，不久她的积蓄就有了余额。她把它们拿出来买了两头奶牛和一辆送鲜奶的小车。玛格丽特开始每天沿街送奶，她边送牛奶边向一些酒店和富贵人家乞讨一些他们吃剩的食物，然

后把食物带给孤儿院饥饿的小孩。在最艰难的那段日子，这点食物就是孩子们所有的干粮。

玛格丽特每月都会将一部分收入捐助给孤儿院。几年之后，由于玛格丽特的努力和精细，她的收入日渐增多起来，也买了更多的奶牛。玛格丽特还用她的积蓄建起了一座房子，用来给孤儿院收养弃婴，她把这座房子称为她的婴儿房。又过了一段时间，玛格丽特买下了一间面包房，当上了面包房的老板。这样玛格丽特每天送牛奶的时候也送面包，她仍然将她的一部分收入送到孤儿院。

接着，南北战争开始了。在那段混乱而恐惧的日子里，玛格丽特仍然坚持着每天送牛奶和面包，而且她总有足够多的干粮给饥饿的士兵和她的孩子。条件虽然艰苦，玛格丽特还是攒下了不少钱。

战争一结束，她就买下了一个蒸汽厂，用蒸汽来烤她的面包。现在，这个城里的每个人都知道了玛格丽特。所有的小孩都喜爱她，所有的商人都为她骄傲。贫苦的人们都跑来向她讨主意。玛格丽特就经常穿着一件印花布的长衣，披着披肩，坐在她办公室的门口，对每一个人都和声细语，无论富贵还是贫穷。

1984年塑

日子一天一天过去，有一天，玛格丽特撒手离去了。她留下遗嘱，把3万美元留给了这个城里的每一家孤儿院，不管里面孤儿的肤色是黑还是白，是信犹太教、天主教还是新教。你是否又能想到，这份动人的遗嘱的最后并没有玛格丽特的签名，只有一把钩——玛格丽特从来没有读过书、写过字！

当新奥尔良的人们得知玛格丽特去世的消息后，他们说："她是所有无父无母的小孩的母亲，是所有无朋无友的人们的朋友。她拥有比学校所能教授的更高的智慧，我们不能忘了她。"于是，人们按照玛格丽特惯常的打扮给她塑了一座雕像，一直保留到今天。

写作技巧 / Writing Skill

运用列举法，突显主人公形象：任何华丽的辞藻，都不如用事实说话具有说服力。文章用朴实无华的语言，大量列举了玛格丽特一生所做的善事。这些平凡而伟大的感人事迹，充分塑造了女主人公的光辉形象。

爱的箴言 / Loving Speaking

玛格丽特的雕像已经成为爱和善的化身，永远放射着人性美的光辉。善和行善是两个概念，空有一颗善心是远远不够的，将善付诸行动，才是对善良的一种实践，才具有真正的意义。让我们对需要帮助的人给予力所能及的帮助，共谱真善美的赞歌吧！

美丽的空位

文/ [日]木户克海

伊人已逝，空位犹存，
一个被大海见证的凄美的爱情故事，
年年在这里传唱……

那是一个月色迷人的周六夜晚，我和几个朋友一起到一家饭馆用餐。这家饭馆很有情调，从里面可以望见大海。

走进饭馆，立刻映入眼帘的是一张靠近窗户的桌位。桌上摆满了鲜花，还燃着两根长长的蜡烛。一看就知道，桌位是别人预定的。服务生领着我们来到那张桌附近的一张桌坐下。我不免有些好奇，会是什么人来到那里呢？他们今晚要庆祝什么？那张桌上簇拥着百合、菊花、康乃馨等各式各样的鲜花；蜡烛的长度足够燃两个小时，火苗很旺，即便窗外的海风吹进来，也不会被吹灭。

　　我们不紧不慢地吃着饭。可直到我们结账时，那张桌上仍然没有人出现，只是蜡烛已经矮了许多。

　　在这之前，我们一直都没有留意。现在才发现，老板和服务生每次路过那张桌时都会驻足，用满含深情的目光看一眼那张空无一人的桌子。他们的目光是那样柔和，可里面似乎又含着些许悲伤。我禁不住向老板问起了缘由。

　　于是，便有了下面这个凄婉的故事。

　　"5年前的今晚，一对刚举行完婚礼的年轻夫妇就是在那个座位，吃了一餐庆祝的晚餐。丈夫叫露翰，是轮船上的工作人员。当时的情景也像今晚这样，桌上摆放着花束，点燃着蜡烛。两人看起来是那样幸福，所以给我们留下的印象也很深刻。第二年结婚纪念日那天，两个人又来

了，仍是在那张桌上吃的晚饭。可到了第三年，却只寄来了一份电报和一张5美元的汇票。电报上说，妻子患乳腺癌去世了，自己也因出海不能回来，但希望那张桌子能留给他们，我们大吃一惊——那样一位年轻美丽的妻子就这样匆匆离开了！我们按照他的请求做了。之后，每年都有类似的电报和汇票寄过来，去年是从横滨，今年是从伦敦。想必此刻，露翰先生也一定在思念他的爱妻吧？"

这是一个多么感人的故事啊！而同时我也为老板的善心而感动，因为桌子上的东西，仅鲜花的价格就超过了5美元。继续问下来，还知道老板每年都将那5美元的汇票捐给露翰夫人长眠的教堂。

花束中那徐徐燃烧的烛火，仿佛在娓娓动情地向这里的人诉说着这个美丽而凄婉的爱情绝唱。🔲

写作技巧 / Writing Skill

经营悬疑的气氛，写就动人的篇章："我"和几个朋友在饭馆中一直未见预约空位的人出现，直到老板讲述了那个动人的爱情故事，"我"和读者才心下释然，并深为感动。作者步步设疑，水到渠成地将文章推向了高潮。

爱的箴言 / Loving Speaking

爱的温度能保持多久？这个美丽凄婉的爱情故事，告诉了我们答案。请珍惜亲人和爱人给予我们的深情厚爱吧，莫让它成为流逝的河流而枉自嗟叹。

免 费

文/颜艳群

有了母爱，才有了生命的肇始和延续。
母爱是伟大的，也是无私的，它不需要回报，也没有人回报得了。

一天晚上，当母亲在厨房正准备晚餐的时候，儿子拿着一张写满字的纸走向她。母亲在围裙上擦干净手，然后读这张纸，上面写着：

割草5.00美元，这星期整理我的房间1.00美元，为你去商店0.50美元，当你去购物时照管我的小弟弟0.25美元，出去倒垃圾1.00美元，获得良好的成绩报告单5.00美元，修整和为花园翻土2.00美元。

总计应获得14.75美元。

母亲看着儿子满怀希望地站在那儿，便拿起钢笔把儿子已写过的纸翻过来，在上面写道：

当你在我腹内生长，我怀着你的那9个月是无价的；我陪着你一起熬夜的那些晚上，为你求医、祈祷，这是无价的；这些年来你曾造成的恼人境况和所有的泪水，那是无价的；当你把以上所有的累加起来，我对你的爱的价值是无价的；那些昔日忧惧的夜晚和将来面临的烦恼，这是无价的；为你准备玩具、食物、衣服甚至为你擦鼻涕，那是无价的。儿子，当你把以上所有的累加起来，真挚的爱的全部价值是无价的。

当儿子读完母亲写的话之后，他双眼含泪，直直地看着母亲说："妈妈，我真爱你。"

最后，他拿出钢笔在"账单"上用大写字母写道："全部付清。"

写作技巧 / Writing Skill

通过对比，凸显主题：作者匠心独运，将母亲和儿子的"账单"作为切入点，并进行鲜明的对比，体现了母爱的无私和伟大。

爱的箴言 / Loving Speaking

"爱是施与，不是取得。"父母即使心力交瘁，也不会放弃对孩子的爱与关怀。那么，孩子该怎样回报父母呢？你可以用任何方式，但请记住：亲情永恒，亲情无价！

面对自己的灵魂

文/冯玥

面对自己的灵魂，如果你可以做到问心无愧，
那你就是一个大写的"人"。

第一次见到丁大卫，是在美国福特基金会的一个活动上。工作人员告诉我，那个美国人特神，给他报销飞机票他不要，坚持自己坐火车硬座，从广东到北京；从北京回甘肃时，他又自己去车站买了硬座票。据介绍，他爱好广泛，包括体育运动、音乐、文学、教育和"为人民服务"；任西北民族大学英语教师7年；2000年至今，在甘肃省东乡族自治县做基础教育义务助学工作。

再次见到他是在兰州。他带着我，熟门熟路地倒了两趟公共汽车，来到汽车南站，我们要在这里乘长途汽车到东乡。东乡距兰州约100千米，车

程约3小时。一路上，身高1.93米的他，弯着一双长腿，挤在长途车的最后一排，以东道主的姿态为我介绍，这条马路是什么时候修的，那座电信塔是什么时候立起来的，这个镇子离县城还有多远，等等。

1995年，丁大卫作为外籍教师应聘到西北民族大学，学校给他开出的工资是每月1200元。他打听了一圈后，得知这个工资比一般教师要高，于是主动找到学校，要求把工资降到900元。学校不同意，坚持要付1000元，丁大卫觉得"四位数"还是太高，几番争执，最后定在了950元。

2002年6月，丁大卫和西北民族大学的合同到期，他决定辞去学校的工作，到东乡来做事。县文化教育体育局也表示，愿意聘请他担任该局教育教学研究室顾问，并每月发给他500元生活费。在东乡，一名任课老师的月收入在900至1200元之间。 然而丁大卫的聘任手续一办就是一年多。2003年6月，甘肃省公安厅、省外事局、临夏回族自治州公安局等部门专门组成联合调查组，来东乡了解情况，认为他"不计个人报酬，克服种种困难……品德和行为令人感动"。直到2004年1月底，他才总算"名正言顺"地被聘任了。身份问题虽然是解决了，可是，那每月500元的工资，他至今也没有领过一次。"我不着急，反正我还有以前的积蓄。"他说自己不抽烟、不喝酒，生活支出除了吃饭就是打

电话和写信、买邮票，每月四五百元就够了。

　　丁大卫出生在美国克里夫兰市的一个中产阶级家庭。父亲是全美最大一家轮胎厂的高级行政人员，母亲做过中学老师，后来专门在家照顾他们兄弟四人。上大学时，丁大卫选择了弗吉尼亚的威廉马莉大学，这是全美国第二古老的大学，有三百多年历史，经济学专业非常有名。大学三年级时，大卫到北京大学做了一年留学生。和所有留学生一样，他在中国旅行，品尝各种美食。回国后，他在肯塔基州的艾斯伯里学院拿到了古典文学硕士学位，这期间，他发现自己更喜欢做老师。

　　毕业后，他先在日本工作了一年，1994年来到中国，在珠海第一家私立小学恩溢国际学校任英语教师。为这所学校招聘英语教师时，丁大卫发现，应聘的5个人中有4个来自西北地区。他寻思着，西北的人才都出来了，有谁去那儿呢？于是，他把自己的简历寄往西北的一些学校。

在众多学校的邀请中，他选择了西北民族大学。他的想法很简单："这里的学生大都要回到民族地区当老师，是最需要人才的地方。"这也是让丁大卫做出此后很多选择的一个根本想法："当老师，就应该到最需要你的地方去。"

写作技巧 / Writing Skill

站在客观的角度，让笔下的人物自己说话：作者生动介绍了自己和丁大卫认识的经过，并很有条理地介绍了他的教学经历和家庭背景。作者没有一句赞扬主人公的话，可所选材料处处都在表现他的高尚品质。这种春秋笔法，更容易让读者走进主人公的内心世界。

爱的箴言 / Loving Speaking

伏契克说过："一个人的理想越崇高，生活就越纯洁。"过度的物欲能让人的精神更痛苦，而有的人在简单的物质生活中，却享受着精神上的富有。追求精神上的富有，我们的人生才会充实起来，才会更有价值。

陌生的守护

文/纪帅

如果有人需要你陪伴，请你也留下来。
因为成全人间的亲情，是做人的一种基本职责。

一位护士领着一位疲惫而又急切的士兵，来到了一张病床边。

"您的儿子来看您了。" 护士对老人说着。

护士说了好几遍，老人的眼睛才勉强睁开。因为心脏病注射了很多药，他双眼模糊地看到一位年轻的海军士兵站在氧气瓶的旁边。于是，他伸出了一只手。

士兵马上握住了老人那干枯瘦弱的手，用无声的语言传达着安慰。护士给他搬来了一把椅子，让他坐在老人的床边。

士兵就这样握着老人的手，整夜地陪伴在光线暗淡的病房里，给老人鼓励和安慰。

护士不时地提醒士兵休息一会儿，但他每次都拒绝了。

护士每次走进病房的时候，她觉得士兵一定注意到了自己。但是，她给病人更换氧气瓶、夜班人员互致问候、其他病人的呻吟，这些吵闹的声音好像对士兵没有产生什么影响。

老人躺在床上，什么话也没说，只是紧紧地握着士兵的手。

到黎明来临的时候，老人去世了。

士兵这才放下老人的手，走出屋去，通知护士。

当护士来处理的时候，士兵就站在旁边等待。

最后，护士把一切做完，开始安慰他，但是他打断了护士的话。

"这个老人是谁？"他问道。

护士吃了一惊，说："他是你的父亲啊！"

"不，他不是。"士兵回答，"我从来没有见过他。"

"那么，为什么在你刚见到他的时候不说话呢？"

"当你叫我来守候老人的时候，我知道一定弄误会了，但我知道他更需要他的儿子，而他却不在。他已经病得认不出自己的儿子了，但仍希望他在身边守候，所以我就决定留下来。"

如果有人也需要你陪伴的时候，请你也留下来。这样做，是不会让你后悔的。🔲

写作技巧 / Writing Skill

出人意料的结尾，耐人回味：这不是一个儿子守护父亲在人间的最后一程的故事，士兵的话揭晓了答案：他和老人根本就不认识。这样的结尾真是出人意料，但士兵"将错就错"的善良举动也让读者觉得是在情理之中。

爱的箴言 / Loving Speaking

在老人最需要亲人时，士兵毅然伸出手。在这只陌生人的手上，却传递着人世间最美丽的亲情。是爱点燃了亲情的火种，照亮我们的一生！

母爱是一根穿针线

文/尤天晨

一句"母亲很容易满足"，
道出了天下所有母亲的心声——
"只要理解妈妈就行了。"

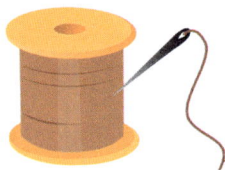

母亲为儿子整理衣服时，发现儿子衬衣袖子上的纽扣松动了，她决定给儿子钉一下。

儿子很年轻，却已是一名声誉日隆的作家。天赋和勤奋成就了他的今天。母亲因此而骄傲——她是作家的母亲！

屋子里很静，只有儿子敲击键盘的滴滴答答声。母亲能从儿子的神态上看出，他正文思泉涌。她在抽屉里找针线时，不敢弄出一点声响，唯恐打扰了儿子。可她遇到了麻烦，当年的绣花女连针也穿不上了。现在明明看见针孔在那儿，就是穿不进，可她丝毫没有放弃的意思。

儿子已对文章进行后期排版，他从显示屏上看见反射过来的母亲的身影，怔住了。他忽然觉得自己就是那根缝衣针，虽然与母亲朝夕相处，可他的心却被没完没了的文章堵死了，母爱的丝线在他这里已找不到进出的"孔"，可母亲还是不甘放弃。儿子的眼睛热了，他这才想起许久不曾和母亲交流过感情了。"妈，我来帮你。"只一刹那，丝线穿针而过。母亲笑靥如花，用心为儿子钉起纽扣来，像在缝合一个美丽的梦。

儿子知道今后该怎么做了。因为母亲很容易满足，比如，只是帮她穿一根针，实现她为你钉一颗纽扣的愿望，使她付出的爱畅通无阻。就是如此简单。🔲

写作技巧 / Writing Skill

立意翻新，小中见大：题目很新颖——母爱是一根穿针线，故事很简单——儿子帮母亲穿针。可对这件极小的事，作者却提炼出深刻的主题。

爱的箴言 / Loving Speaking

虽然岁月的丝线会爬上母亲的额头，时光的雪花会染白母亲的双鬓，然而，母爱的河流永远是活泼畅流的。不管孩子长多大，不论孩子将来是成名还是成家，母爱之河永远都伴随着我们。

你 好

文/范咏燕

在父母眼里，孩子是不谙世事的。

但在孩子眼里，却有对这个世界的独特理解，包括对母亲的爱。

我与女儿的讨论进入生死话题的时候，正是新年前一天的晚上，女儿刚洗完澡，我把她从浴缸里捞了出来。她在热腾腾的蒸汽里鲜润如花。

女儿托起她的右手掌，左手手指轻轻画过之处，几条纤细的掌纹在一片粉红的色泽里若隐若无："喏，这是我的生命线，这是我的烦恼线。"对于这类伪科学，她如数家珍。我笑了："哪儿学来的？你这种小孩子也有烦恼吗？"她翻了一下眼皮，反驳道："小人就没有烦恼吗？"

但是仿佛一棵曝晒的草萎蔫了，她的情绪低落下去。她幽幽地说："我待他好，可是他却待别人好。"我简直怀疑耳朵听错了——人间最大的苦痛亦不过如此矣。"举例说明。"我以成人的思维引她往下讲。"选他做中队委的时候，我举手了；选我做中队委时，他没有举手。"女儿两眼含泪。

我醒悟：孩子之间诸如背叛、信任之类的情感挫折，原就与成人一样敏感，可都被我们粗糙地忽略，反而由孩子独自扛着。以为她忘得快，她却长时间记着这样的痛。

"所以我的爱情线，这么短。"她端详着自己的掌心，叹了口气。"你有这么多人爱你，难道还没有爱情吗？"我重使偷天换日的伎俩。她警惕地看我一眼："我爱爸爸妈妈、爷爷奶奶、外公外婆、阿姨姨父、叔叔婶婶，还有弟弟，还有同学和好朋友的友情。"她一口气说下去的，都是我的老生常谈。

女儿二年级，已经积累了人生的阅历，知道什么话可讲，什么话顺着我的意思讲，什么话只会引来训斥，因此不如不讲。

"但爱情就是你和爸爸结婚的那种。"然后，她想了一下，"梁山伯和祝英台也是。"

"有句话不知能不能说？"最近女儿总有这样试探性的开场白，难道这是长大的先兆？"其实，生气是会生病的。妈妈，你不能总像炮仗一样一点就着。"

我惊呆了：这是一个很鲜活的比喻，不料用在我身上。"生病会早死的，我舍不得你死。"女儿将头埋进我的怀里。

面对女儿的爱恋，我的内心充满感激。"妈妈，我教你一个绝招：每天早上起来，对着镜子笑一笑，说声——你好。"

是的，生活中我们应该多说几声：你好！🔲

写作技巧 / Writing Skill

笔锋突转，情节富于新鲜感：妈妈本想以长辈的姿态来教导女儿，不料女儿话锋一转，竟以鲜活的比喻来劝妈妈少生气。女儿对妈妈的爱跃然纸上，读来令人心灵一颤。

爱的箴言 / Loving Speaking

在母亲的眼中，孩子永远都是孩子。孩子总是带着童真的眼光，对这个世界有着简单而幼稚的理解。然而，不经意间，孩子已经长大。在与母亲那慈祥的目光交汇间，脉脉流动的是一种体贴的温情，也是人间最珍贵的情感。

你只是顾客

文/王玥

生活中，每个人都有自己的舞台和存在的价值。
恪守自己的本分，才能赢得别人的尊重。

电影明星洛伊德将车开到检修站，一个女工接待了他。她熟练灵巧的双手和俊美的容貌一下子吸引了他。

整个巴黎的人全都被他迷住了，但这位姑娘对他的到来一点也没有表示出惊异和兴奋。

"您喜欢看电影吗？"他忍不住问道。

"当然喜欢，我是个影迷。"女工回答。

她手脚麻利，看得出她的修车技术非常熟练。半小时不到，她就修好了车。

"您可以开走了，先生。"

他却依依不舍："小姐，您可以陪我去兜兜风吗？"

"不，我还有工作！"

"这同样也是您的工作——您修的车，最好亲自检查一下。"

"好吧，是您开还是我开？"

"当然是我开，是我邀请您的嘛。"

汽车行驶得很好。姑娘说道："看来没有什么问题，请让我下车，好吗？"

"怎么，您不想再陪一陪我了？我再问您一遍，您真的喜欢看电影吗？"

"我回答过了，喜欢，而且是个影迷。"

"您不认识我？"

"怎么会不认识，您一来我就认出您是当代影帝阿历克斯·洛伊德。"

"既然如此，您为何这样冷淡呢？"

"不，您错了，我没有冷淡，只是没有像别的女孩子那样狂热。您

有您的成就，我有我的工作。您来修车是我的顾客，如果您不再是明星了，再来修车，我也会像今天一样接待您。人与人之间不应该是这样的吗？"

他沉默了。在这个普通的女工面前，他感到了自己的浅薄和虚妄。

"小姐，谢谢！您使我想到应该认真反省一下自己的价值。好，现在让我送您回去。再要修车的话，我还会来找您。"

写作技巧 / Writing Skill

对话互动法的运用让人物更鲜活：言为心声，即语言可以折射表达者的性格特点，塑造人物形象。文章通过简短的人物对话，勾勒了明星的爱慕虚荣和女工的不卑不亢，达到了言简意赅的效果。

爱的箴言 / Loving Speaking

对权贵和名流的盲目崇拜，只能给我们自己带来两种结果：第一是对自卑心的安慰，第二是对自尊心的亵渎。人生而平等，只有恪守本分，不卑不亢，我们才能维护自己的尊严，做好自己。

女儿出走

文/林君

长大的儿女就像风筝一样，总希望飞上天去。
虽然父母也盼着儿女高飞，但前提是儿女要记住回家的路。

一个女孩负气离家出走，母亲看见她留下的纸条，第一个念头就是去公安局报案。但这时电话响了，是孩子的父亲打来的。父亲听了这件事，沉默了半晌，说："不要闹得满城风雨，那孩子自尊心极强，等等吧。"

女孩的业余爱好是上网，父亲虽然不知道她常去的网吧，但有她的一个电子邮箱，于是给她写了一封信："我知道你生气藏起来了，我估计也找不到你，就让你安静地回味一下过去的快乐和苦恼。"

当晚，父亲又给女儿发了一封电子邮件："呵呵，我猜到了，你正在上网，对吗？注意啦，墙那边的屋子里正坐着老爸——我！"

　　夜里11点，女儿终于有了音讯——一封给父亲的电子邮件："我们相隔万水千山，好自由的感觉！我要独自闯荡世界，像三毛那样浪漫地流浪四方！"母亲一看，眼泪当场冒出来。父亲却笑着说："这是曙光啊，说明孩子想我们了。"父亲当即复信："坚决支持你的伟大行动！我为有这么一个充满激情与幻想的女儿而骄傲！老爸年轻时是个诗人，多想像你今天这样走出去啊，但没有决心，太惭愧了……"

　　第二天上午，父亲的电子信箱里静静地躺着一封信："老爸，不要惭愧，现在行动还来得及。但我想先创业，然后接你们过来玩。"父亲赶紧回复道："你创业成功时，我也老喽，走不动啦！"10分钟后，女儿的回音来了："我初步预计，创业要10年，那时你55岁，还没有退休呢！"父亲看了，故意不答复，等到午饭后才上网回信："不行啊，老爸今天淋雨了，全身难受，到55岁，身体可能更弱。你买伞了吗？"下午，接到女儿回信："不要紧，雨淋不到我，我不出门。"父亲阅后，对妻子说："好了，女儿现在很稳定，我推测她没有出城，可能住在旅馆里。让她疯两天，一切自理，过不了多久，就会累得想家。"

晚上，女儿又来了封短信。这次父亲以妈妈的口吻回答她："孩子，你爸爸淋雨后全身难受，发高烧，住院去了。"

果然不出所料，女儿在第二天的邮件中关切地问："爸爸的病好些了吗？"父亲一笑，关上电脑，不予理睬。午饭时分，电话响了，父亲示意母亲接，说："告诉她，爸爸烧糊涂了，老是念叨女儿。说完就挂！"母亲照办。

傍晚，楼梯口传来女儿那熟悉的脚步声。

事后，父亲说："孩子一个人在外边吃点苦，是迟早的事，阻拦她只会适得其反，何不顺水推舟，让她去锻炼一回呢？"

写作技巧 / Writing Skill

欲擒故纵的手法，使文章大放异彩：女儿出走后，父亲并没有像很多人想象的那样如何急于把女儿找回来，而是"尊重"女儿的选择，巧妙地运用"策略"，最终让女儿自己回了家。此法可谓欲擒故纵，令人读后拍案叫绝。

爱的箴言 / Loving Speaking

年少而躁动的心总是充满叛逆，希望挣脱所有的束缚，可父母却是我们永远都挣脱不掉的"爱的束缚"。然而，"小树不扶不直"。正是有了"爱的束缚"，我们这些小树苗才不会疯长，才能最终长成参天大树，成为真正的有用之材。

朋 友

文/李金虹

沧海桑田，时过境迁，
但那份浓浓的友情不会变，那些美好时光永记你我心间。

桌子上摆着两杯咖啡，袅袅地冒着热气。

"噢，天哪！杰克，真的是你吗？实在太难以置信了！"一个穿着黑色西服的男人对着另一个男人喊道，"我太幸运了！竟然能在这儿遇到老朋友！咱们得有12年没见了吧？"

"是的，威尔。"坐在他对面的男人点点头。他的脸红了，看起来有些紧张。因为这次的偶遇，他的心还在狂跳不止。他当时正跟在一位女士后面。那位女士刚从一家餐馆里走出来，胳膊下夹着个手提包。就在她一条腿刚跨上出租车的时候，他悄悄地把手伸过去。这时，有人

轻轻地拍他的肩膀。"你是杰克吗？"一个穿着黑色西服的男人大声喊道，手里还拿着个公文包。他正要发作，一转头，便犹豫着回忆起来。过了一会儿，他结结巴巴地问道："是威……威尔吗？"他的脸热得发烫。

"时间过得真快啊！"威尔笑道，"这真是个奇迹！我们竟然还能见面！这么多年过去了，我竟然还能认出你来！不是吗？"

"是啊，确实不简单。"杰克小声说道，语气有些不自然，"那时候我们都很小，还不知道什么是生活。"

"是吗？有时候我却希望我们能够永远活在那个时候。无忧无虑，可以尽情地玩耍。"威尔托着下巴，开始沉思。他说："那样的日子真美。我们一起捉迷藏、钓鱼。在回来的路上，我们经常从汤姆叔叔的果园里摘好多果子。现在想想，该算是'偷'了。"威尔一直谈论着过去。

是啊，他们那时候多么快乐！杰克陷入了回忆，回忆他们的童年时光。从汤姆叔叔的果园里偷果子真是惊险刺激的经历。他们跳进果园里，丝毫不害怕被责骂。通常威尔会爬上树去，而他就在树下等着。刚摘下的新鲜果子多好吃啊！想着想着，他不禁露出了微笑。

"你知道自从你搬走了，我有多想你吗！"威尔问道。他的声音那么真诚，眼里闪烁着光芒。

"我也一样!"杰克的眼睛垂下来,回想起了痛苦的时光。他随父母搬到了一个很远的城市。不久,他的妈妈遭遇车祸身亡。自那以后,痛苦如影随形。如今,他再一次为自己感到羞愧,不敢抬起头来看威尔。

"我还记得我们那时是如何谈论未来的。你说你要在全国最大的河边钓鱼,而我要在河边开出一块地来,种果树。还记得吗?"威尔说道。

杰克的脑海里浮现出另一个画面。一天,在玩"警察和小偷"的游戏时,他宣称自己将来要当一名警察,而威尔则决定成为一个小偷。

这时,威尔的手机响了。"对不起,稍等一会儿。"他说着,跑了出去,把公文包留在了椅子上。

"你那边有什么特殊情况吗?"他的同事问道。

"没什么,一切正常。"他撒了谎。

"我听说你最近在盯一个小偷,要小心!"

"我会的。多谢!"他挂断电话,回来却发现桌子边已空无一人。

他的脸顿时变得惨白。"他怎么能……"他踉跄着朝桌子走去。

在咖啡杯下,压着一张字条,上面写道:

亲爱的威尔：

很抱歉，我有急事，不得不离开。我非常高兴能有机会和你重逢。谢谢你唤醒我美好的回忆。我会一直珍惜这段回忆的。

对了，差点忘了告诉你，你的皮包我存在前台了，别忘了去取。

你的挚友杰克

威尔甩了甩字条，露出了笑容。突然，他眼睛一热，在字条的后面，还写着一些话：

尽管时过境迁，我仍然相信我们的友谊会一直继续下去。你将永远是我最信赖的朋友。

写作技巧 / Writing Skill

情节曲折，引人入胜：就在读者为两位老友重逢后的温馨场面而感动时，威尔出去接了个电话，让文章出现转折；威尔回来后看到的那张满怀深情的字条将全文推向了高潮，令人感动。

爱的箴言 / Loving Speaking

造化弄人，儿时游戏中的"小偷"变成了现实生活中的警察，"警察"却成了小偷。两人虽然踏上了不同的人生之路，但心中仍保有儿时的美好回忆。友谊犹如醇酒，深沉而热烈，历久而弥香。

朋友：结伴而行的鱼

文/孙文达

真正的朋友，不是给你一杯诱人的美酒，让你体会暂时的快乐，
相反，他会对你当头棒喝，劝你悬崖勒马。

我和张君是高中同学，大学毕业后，他分到银行，而我则进了检察院。

我们是很要好的朋友。那时候，我们相互帮助，相互鼓励，在城市里快乐地生活着。后来，我们都结婚了，巧的是，我们的爱人都是白衣天使。他打趣说，你和我的心是相连的，不成朋友都难。

要不是他一时的冲动，这种友情会持续下去，我想一定会天荒地老。他为了买处上等的房子，挪用公款8万元……

反贪局调查他的时候，他说的第一句就是，我的朋友在检察院。这个朋友就是我，可我无能为力。法律对于朋友是无情的。

　　他的爱人多次找到我。看她那痛哭流涕的样子，我很伤心，只好反复做她的工作。最后她说，这是我们第一次求你，你给个明白话吧。我坚决地说，这事我帮不上忙。她擦干眼泪冷冷地说，朋友有什么用！那语调里是对"朋友"这字眼的绝望。那以后，她再没来过我们家。

　　我偶尔去监狱看他，他拒绝了我的探视。他只传话说，朋友有什么用。

　　我希望通过时间来填补法律的无情。每年的节日，我都会和爱人去探监，去看望他的爱人，尽管要遭受冷落。终于有一天，他无奈地说，算了，朋友本来就没有什么用的。其实，我从骨子里了解他，他在内心深处是不愿失去我这个朋友的，正像我不愿失去他一样。

　　他出狱那天，我和爱人都去接他。我说，上我家吧。他没有拒绝，也没有答应。那天，他喝得大醉。他问我，朋友有什么用呢？我笑着说，没什么用，朋友本来就是没用的。他说，我不怨你。我笑了，笑里面搀杂着泪水。

　　不久，他和他的爱人去了一个陌生的城市。我们很少见面，偶尔有书信往来，都是些客套话。那以后，我们各自忙碌着，但那份情感是无法忘却的，有时候反而更浓。

前年，我生日那天，他寄来一封信，祝我生日快乐。信中夹着一朵风干了的牵牛花。他在信中说：你还记得吗，在校外的田野里，我们常去摘牵牛花的，它象征平淡无奇的感情，早上花开，很快就凋谢了，而我们的友情虽然平淡，却不会凋谢。我和妻子读着这封信，泪流满面。

去年的国庆节，我们相约去爬泰山。我们在一个偌大的水库前驻足。那清澈的水里，一条条自由自在的鱼结伴而游。我们相视一笑，我们多像那一条条游着的鱼，只要能够结伴就行了，这也许就是朋友的要义了。

写作技巧 / Writing Skill

题目新颖，画龙点睛：好的标题应当新颖别致，引人读文。本文题目用比喻拟成，不仅形象生动，而且点明了题旨，全文围绕这一主旨而成，结尾处再次呼应题目，升华了主题。

爱的箴言 / Loving Speaking

友情如水，虽然平淡但却真挚。朋友，是相伴而行的鱼，心灵相契，不掺杂任何物质利益的求索。在你陷入困境的时候，他会送上最贴心的帮助。珍惜你的朋友吧，在清新如水的友情中，体会一种淡然的美好。

平分生命

文/张雅静

为了至爱的亲人，我们可以平分自己的生命。
这就是人类最无私、最纯真的诺言。

父母早逝，男孩与妹妹相依为命。妹妹是男孩唯一的亲人，所以他爱妹妹胜过爱自己。然而，灾难再次降临在这两个不幸的孩子身上。妹妹染上重病，需要输血。作为妹妹唯一的亲人，男孩的血型和妹妹相符。医生问男孩是否勇敢，10岁的男孩开始犹豫，但经过一番思考，他终于点了点头。

抽血时，男孩没有发出一丝声响，只是向着邻床的妹妹微笑。抽血完毕，男孩声音颤抖地问："医生，我还能活多久？"

医生正想笑男孩的无知，但转念间又被男孩的勇敢震撼了：在男孩

10岁的大脑中，他认为输血会失去生命，但他仍然肯输血给妹妹。

于是，他紧握男孩的手说："放心吧，孩子，你不会死，输血不会丢掉生命。"

男孩的目光中放出了光彩："真的？那我还能活多少年？"

医生微笑了，充满爱心地说："你能活到100岁，小伙子，你很健康！"男孩高兴得又蹦又跳。

男孩确认自己真的没事时，就又挽起刚才被抽血的胳膊，昂起头，郑重地对医生说："那就把我的血抽一半给妹妹吧，我们每个人都可以活50年！"

所有人都震惊了，这不是孩子无心的承诺，而是人类最无私、最纯真的诺言。🔳

写作技巧 / Writing Skill

以人物的情感变化为主线，烘托主题：在给妹妹输血前，男孩是犹豫的；给妹妹输血后，他又担心自己是否有生命危险；最终，他郑重地宣布要平分自己的生命给妹妹……这些情感变化曲折生动，有力地烘托了主题。

爱的箴言 / Loving Speaking

读罢故事，我们不能不为男孩身上所体现的浓浓兄妹之情所震撼，这是一种天然、纯朴、无私的情感。对这份美好的亲情，我们都应该感念和珍惜。

亲情的力量

文/喻寒菊

在存亡未卜的时刻，亲人给了我们力量，
那是一种比爱情更持久、更内敛而热烈的力量。

美国大兵在赴伊前线前和自己的妻子、儿女拥抱，电视中播放了登机前半个小时的画面。那个全副武装的士兵拥着妻子，迷茫的眼中有泪光闪现。

很少见过侵略者的眼泪，那个画面就一直留于我的脑中。

在美伊开战的20多天中，全世界都看到了伊拉克人的顽强、美国武器的强大和不可抗拒、美国士兵的胆小怕死。

但，我喜欢这样的"怕死"。

做客央视的军事专家说，美国人的自我感觉太好，他们总是认为自己的命很值钱。

我不想从战争和军人的角度去分析美国士兵的怕死，从自己的情感去揣测，这样的怕死理所当然。

从良知上说，他是侵略者。从个人来说，他是无辜者。从家庭来说，他是丈夫和父亲，他的身后是浓浓的亲情之爱。这一切，如何让他不怕死？

他们的命真的很值钱，因为他们身后有爱。

多年前的一部电影《高山下的花环》中，有个叫靳开来的人，他在为战友砍甘蔗的时候不幸触雷身亡。在他的身上，战友发现了一张全家福照片。

这个画面就一直就被我记忆下来。我总是在想，靳开来在灵魂离去的时候，他想的是什么。

我想应该是妻子和那个虎头虎脑的儿子。每念及此处，我就为靳开来欣慰。

上个世纪末，一位"二战"士兵在太平洋的一座孤岛上被人发现，他在岛上生活了53年。53年前，他的战舰被日本战舰击沉，他只身一个人游到这座孤岛上，开始了"原始人"的生活。

回国后的老兵已经丧失了语言能力，他带回来的东西只有一张发黄的照片，照片中有他的妻子和女儿。他唯一能说的几个单词，就是女儿和妻子的发音。

53年的"原始人"生活，应该有许多种死法，但是那张照片却没让他死去。

亲情是一种力量，是一种要比爱情更持久、更内敛而热烈的力量。

写作技巧 / Writing Skill

妙用一线串珠法，表达文章主旨：作者围绕"亲情"这一主题，选取了三个故事：美国大兵在赴伊前线前和妻儿洒泪而别，靳开来随身带着妻子和儿子的照片，"二战"士兵在太平洋的孤岛生活……这些故事，从不同角度和侧面支撑了文章主题。

爱的箴言 / Loving Speaking

对亲情的思念有起点，却没有终点，它是一种永难忘却的情感。身处异国他乡的人，对亲情的思念更浓郁，它是一种对家的留恋，是一种对团圆的渴望。

穷人最缺少的是什么

文/魏访

机会对每个人来说都是公平的，人人都能遇到，
但通常只有有野心的人才具有胆量去捕捉它。

法国一位年轻人很穷，很苦。后来，他以推销装饰肖像画起家，在不到10年的时间里，迅速跻身于法国50大富翁之列，成为一位年轻的媒体大亨。不幸的是，他因患上前列腺癌，于1998年去世。他去世后，法国的一份报纸刊登了他的一份遗嘱。在这份遗嘱里，他说："我曾经是一个穷人，在以一个富人的身份跨入天堂的门槛之前，我把自己成为富人的秘诀留下，谁若能通过回答'穷人最缺少的是什么'而猜中我成为富人的秘诀，他将能得到我的祝贺，我留在银行私人保险箱内的100万法郎，将作为睿智地揭开贫穷之谜的人的奖金，也是我在天堂给予他的欢

呼与掌声。"

遗嘱刊出之后，有18461个人寄来了自己的答案。这些答案五花八门，应有尽有。绝大部分的人认为，穷人最缺少的当然是金钱了，有了钱就不会再是穷人了。另有一部分人认为，穷人之所以穷，最缺少的是机会，穷人之穷是穷在背时上面。又有一部分认为，穷人最缺少的是技能，一无所长所以才穷，有一技之长才能迅速致富。还有的人说，穷人最缺少的是帮助和关爱，是漂亮，是名牌衣服，是总统的职位，等等。

在这位富翁逝世周年纪念日，他的律师和代理人在公证部门的监督下，打开了银行内的私人保险箱，公开了他致富的秘诀，他认为，穷人最缺少的是成为富人的野心。

在所有答案中，有一位年仅9岁的女孩猜对了。为什么只有这位9岁

的女孩想到穷人最缺少的是野心？她在接受100万法郎的颁奖之日上说道："每次，我姐姐把她11岁的男朋友带回家时，总是警告我说：'不要有野心！不要有野心！'于是我想，也许野心可以让人得到自己想得到的东西。"

谜底揭开之后，整个法国被震动，并波及英美。一些新贵、富翁在就此话题谈论时，均毫不掩饰地承认：野心是永恒的"治穷"特效药，是所有奇迹的萌发点，穷人之所以穷，大多是因为他们有一种无可救药的弱点，也就是缺乏致富的野心。🔲

写作技巧 / Writing Skill

巧设悬念，增强文章吸引力：媒体大亨在遗嘱中设下一个悬念，谁能回答"穷人最缺少的是什么"，就可以得到重金奖励。而最后揭示的不仅仅是答案，还有其中蕴含的深刻哲理，引人深思。

爱的箴言 / Loving Speaking

拿破仑当年说过，不想当将军的士兵不是好士兵。同样，不具备当富人的野心，也就改变不了贫穷的命运。野心的背后其实是一颗不甘落后、努力行动的心。有了这颗心，就有了超越常人的信念和勇气，才能做出不同寻常的事，才能收获常人无法获得的财富。

让梦想变成现实

文/ [美]维吉尼·亚萨迪尔

在很多时候，一些看似不可能的事情，只要我们始终相信，
并且勇于探索、实践，我们的梦想就会变成现实。

五年前，我到南方乡村搞福利工作。我的任务就是让每个人相信自己有自给自足的能力，并激励他们去实现自己的想法。

当我来到一个叫密阿多的小镇后，见到了25个靠政府福利来生活的穷人。我问他们的第一个问题是："你们有什么梦想？"结果他们每个人都用怪异的眼神看着我，好像我是外星人。

"梦？我们从来不做梦。做梦又不能让我们发财。"一个红鼻子寡妇回答。

我耐心解释："有梦想不是做梦。你们肯定希望得到些什么，希望

什么事情能突然实现，这就是梦想。"

红鼻子寡妇说："我不知道你说的梦想是什么东西。我现在最想赶走野兽，因为它们总是想闯进我家咬孩子。"大家都笑了起来。

我说："哦，你想过什么办法没有？"她说："我想装一扇牢固的、可以防御野兽的新门，这样我就可以出去安心干活了。"

我问："有谁会做防兽门吗？"人群中一个有些秃顶的瘸腿男人说："很多年以前我自己做过门，我可以试试。"

接着我问大家还有什么梦想。一个单亲妈妈说："我想去大学里学文秘知识，可是没有人照顾我的六个孩子。"

我问："有谁能照顾六个孩子？"一位孤寡老太太说："我想我能带好那些可爱的小家伙。"

我给那个秃顶男人一些钱去买材料和工具，然后让这些人解散了。

一个星期后，我重新召集这些穷人。我问那个红鼻子寡妇："你家的防兽门装好了吗？"红鼻子寡妇高兴地说："我再也不用在家守护孩子了，我有时间去实现梦想了。"

我接着问秃顶男人感想如何。秃顶男人对我说："很多年前我给自家做过防兽门，当时做得并不好，后来我就再也没有做过。这次我想一定要做好，结果真的做好了。许多人说我了不起，能做那么漂亮结实的门。"

我对需要帮助的穷人

们说："这位先生的经历是个很好的例子。它说明梦想是可以实现的。很多时候不是我们自己没有能力，而是我们固步自封，不愿意去尝试，或者不愿意去努力。"

五年后，当我再次来到密阿多时，当年那25个穷人中，只有6个低智商的残疾人继续靠政府福利生活，其余19个人都过上了自给自足的幸福生活。红鼻子寡妇种的咖啡收成很好，秃顶男人成了当地有名的木匠，孤寡老太太办了个托儿所。那个上完大学的单亲妈妈最优秀，她开了一家大家具公司，吸收了许多需要帮助的人到她的公司来就业。

写作技巧 / Writing Skill

镜头剪接法使得本文像一部流畅的短片：五年前的一天、一个星期后、五年后，文章用三个片段勾勒了25个穷人的转变：没有梦想——梦想萌芽——梦想实现，这样的结构使得文章流畅、自然。

爱的箴言 / Loving Speaking

青春的岁月，是一个爱做梦的年龄，但仅有梦想是远远不够的，若只停留在做梦的阶段，那么对于未来的美好设想就只能是镜中月、水中花。只有敢于尝试，奋勇拼搏，才能让梦想成真。带上梦想，带上信念，出发吧！

塞尔玛的一念之差

文/徐大庆

沙漠没有变，当地的居民没有变，变的只是塞尔玛的人生视角。
一念之差会让生活从此大为不同。

一个叫塞尔玛的美国年轻女人随丈夫到沙漠腹地参加军事演习。塞尔玛孤身一人留守在一间集装箱一样的铁皮小屋里，炎热难耐，周围只有墨西哥人与印第安人，因为他们不懂英语，也无法与之交流。她寂寞无助，烦躁不安，于是写信给她的父母，想离开这个鬼地方。

父亲的回信只写了一行字："两个人同时从牢房的铁窗口里望出去，一个人看到了泥土，另一个人看到了繁星。"塞尔玛开始没有读懂其中的含义，反复几遍后，才感到无比惭愧，决定留下来在沙漠中去寻找自己的"繁星"。

她一改往日的消沉，积极地面对人生。她与当地人广交朋友，学习他们的语言。她付出了热情，人们也回报了她热情。她非常喜爱当地的陶器与纺织物。于是人们便将舍不得卖给游客的陶器、纺织品送给她做礼物。塞尔玛很受感动，求知欲望与日俱增。她十分投入地研究了让人痴迷的仙人掌和许多沙漠植物的生长情况，还掌握了有关土拨鼠的生活习性，观赏沙漠的日出日落，并饶有兴致地寻找海螺壳……她为自己的新发现而激动不已。于是她拿起笔，一本名为《快乐的城堡》的书两年后出版了。

写作技巧 / Writing Skill

环境描写，渲染气氛：文章开篇描写了塞尔玛所处的环境——自然环境恶劣、人际交往不通，细致的描写渲染了塞尔玛生活的艰难与精神的苦闷，让人感同身受。

爱的箴言 / Loving Speaking

青春的岁月里，难免会遇到一些痛苦和沉寂的日子，当你以一种积极的、乐观的视角看待周围的人和事，你会发现世界是那么美好，就连那些平时被你视若无睹的路边小草也是那样可爱。换一种眼光看世界吧，你也会看到自己的"繁星"，找到属于自己的"快乐的城堡"。

300美元的价值

文/ [美]贝蒂·扬斯

善待自己，珍视自己，关爱他人，帮助他人。
人生如此，你便会找到生活的乐趣和人生的价值。

阿伦是我的一个好朋友。但是，说实在的，我并不喜欢与他待太长的时间，因为此人是一个郁闷的人，每次与他在一起的时间超过一个小时，我也会变得闷闷不乐。

阿伦过日子精打细算，他不送礼，不消费，似乎不知道生活有"享受"这回事。

他生日那天，我同往年一样，给他打了一个电话。"生日快乐，阿伦。"我说。

"有什么可快乐的？"他冷冷地答道，"如果花在人寿保险上的钱

又要涨了，我可能更快乐一些。"

我习惯了他的性格，所以仍然兴致勃勃地与他说了些话，最后提出请他出去吃饭。他虽然不太情愿，但还算给我面子，答应前往。

我点了蛋糕，在上面插上蜡烛，又请餐厅安排了几个人给他唱《生日快乐》。

"哦，上帝！"他坐立不安，"他们什么时候才能唱完？"

演唱组唱完生日歌离开后，我送给他一个礼物。

"你在布卢明黛尔店买的？"他看到了包装上的店名，"那里的东西太贵了！你最好把它退回去。你是知道的，那里的东西是骗富人钱的，比实际价格要高出20倍！"

"如果你不喜欢，可以到那个店调换其他东西。"我说，"不过，你千万不要像上次那样，把我送你的生日礼物退给商店，然后将钱还给我。"

阿伦就是阿伦。三天后，他给我打了一个电话，告诉我他将生日礼物退了，马上把300美元退款寄还给我。

"阿伦，"我一时气愤，言辞激烈地说，"你知道，我是你的朋友，我可以为你做任何事情，但是我要不客气地告诉你，你这种生活态度与其说是节俭，不如说是自私自利。我有个建议，明天，你带着这三张百元钞票到你家附近的几个商店转一转，如果你看到一个面容憔悴、衣着简朴、领着几个孩子的妇女，你就对她说'你今天交了好运'，然

后把一张百元钞票塞到她的手里。

"接着，当你看到一个老人显然是由于生活困窘而在为几毛钱与店主讨价还价时，你就把第二张钞票塞给他并对他说'祝贺你交了好运'。

"最后一张百元钞票希望你自己把它花掉。给自己买点真正喜欢的东西，或者去做一次全身按摩、面部护理和足疗。我想，如果你照我的建议做了，你会发现生活是一件很开心的事情。"

大约两个月后的一天，我家的门铃响了。我打开门，看见阿伦笑嘻嘻地站在我面前。他大声说："我做到了。我按照你的意思花了那300美元。你想听一听吗？""当然。"我邀请他进屋。

"这真是一次有趣的经历。"他说，"我不知怎么形容那位母亲的表情！太不简单了，要抚养5个孩子，最大的不会超过10岁。还有那位老人，哈，他拿到100美元时的反应就像看到了圣诞老人！"

"最后一张百元钞票你是怎么处理的？"我问。

他举起手，我看到他的手腕上戴了一只新手表。

"我为你感到自豪，阿伦。"我说。他神采奕奕，高兴地说："我知道你的用意。我长期以来总也快乐不起来，因为我从未真正喜欢过自己。"

"阿伦，"我说道，"我让你这样做的时候，可能是有些过分了，但我当时对你实在是很恼火。我只觉得如果你更多地关心别人、珍爱自己，你就会找到快乐。"

我发现，阿伦真的从300美元的价值中认识到了人生的真谛。因为从此以后，他不但享受生活，而且给动物收容所捐过款，还资助一位贫困的盲人做了白内障手术。我们在一起的时候，有说有笑，常常忘了时间。

写作技巧 / Writing Skill

妙用对话，刻画人物：言为心声，语言可以折射说话者的性格特点，塑造人物形象。文章通过人物对话，描绘了阿伦从一个悲观、无趣的人向乐观、内心充满喜悦的人的转变，人物形象跃然纸上。

爱的箴言 / Loving Speaking

朋友的300美元让阿伦认识到了人生的真谛，阿伦从此告别从前，成为一个快乐的人。可以说，是朋友使阿伦获得了新生。一个好的朋友，能给我们一些有益的建议，给我们一些及时的忠告，拥有好的朋友，就多了一份欢乐、充实和安全。

30年的知己

文/张肃

知己是彼此的心灵相通，是彼此的牵肠挂肚，
是默默地奉献自己而不求回报：人生得一知己足矣。

我和萧萧是在初二时被编在一个排里的。那是一个史无前例的时代，年级叫作连，班级叫作排。校方忙着革命，顾不上学生的学习，一切唯家庭成分论。

萧萧的父亲早年参加过新四军，头顶着背包在南方的某个湖里涉过水，因此她早早就当上了红卫兵。虽说她因父亲的文化不高而心生叹息，我却很羡慕她，因为我家的成分不好，她可以戴着红卫兵袖章在学校某思想宣传队里蹦蹦跳跳，而我却每逢校级、班级批斗会总是战战兢兢。令人羡慕的是，她还有一个在大学图书馆工作的妈妈。在那个一册

在手、万卷皆废的年代里，她的妈妈可以偶尔带回一点"禁书"。我们渴望一切新鲜活泼的东西。

我们是怎么好起来的？我们都记不得了，大约就是从借书开始的吧。萧萧有时会带来一本前苏联侦破小说，薄薄的一本让人眼睛放光。看之前先为它包个皮，一来可以偷偷带上课堂；二来可以留个爱惜图书的美名，讨她妈妈的欢心而不会断了书路。借阅范围之小，借阅方式之隐秘，促进了我们的友谊。

虽分属两个不同的阶级阵营，但这不影响我和萧萧的交往。我们去农场学农，熄灯之后顶着一床被子打着手电快活地分食一小包她家人从南方老家带来的芝麻酥糖，舔完手指又舔糖纸。

我去拉练，背着小行李卷在城市周边做速度为30～40公里／日的行军，数日不归，间或模拟与美帝苏修蒋匪遭遇之状。萧萧身体不好另兼有宣传鼓动我们之重任，她没有拉练，却想法捎给我一只饭盒，里面有我妈妈做的咸菜，还有她放进去的糖块，那应该也是从自家嘴里省出来的吧。

萧萧的爱说爱笑、无拘无束让人愉快，富有同情心、重情重义令我心安。多方面的天壤之别使我们很少在同学面前显示我们的友谊，这一

是由于情势所迫，二也因为少年人的担心、敏感和骄傲。在那样一个让人担惊受怕的年代，在那样一个不谙世事懵懵懂懂的年龄，拥有一个信任你、理解你的朋友无疑是命运对你的厚爱。

革命革掉了初三，也革掉了高三，一转眼四年过去，已进入花季的我们要到农村这广阔天地去绽放了。我们不属于老三届，革命激情已相当弱，下乡是为了回城，早去早回人尽皆知。还是由于身体的原因，萧萧成了免于插队的幸运儿。为避免站台上的离愁别绪，这幸运的人提前去我家送我，泪如雨下。30年后，我写下这只有天知地知的一幕不禁悲喜交集，而当年我并未流过一滴眼泪。

我们一起分享了我在农村的劳累，分享了她参加工作的喜悦，虽然千山万水，虽然分多聚少，但我们从未生疏过。

盼望已久的招工导致的绝望，不期而至的恢复高考带来的希望，繁重的体力劳动，枯燥的精神生活，格格不入的陌生环境，远在天边的亲、爱、友情，这就是我的一九七七。在那段日子里，我接到了我平生第一个长途电话。萧萧做长话接线员工作，"利用职务之便"她把电话从省城打到我所在的市，从市里查到我的单位，从单位追到我的工作地点：一条山沟。这个迂回曲折的来电让工友们惊奇不已，让我惊喜万分。日久年深，电话的内容已模糊不清，记住的是一份永远的情意。

现在，生活又使我们相隔千里。萧萧40岁生日的时候，一向疏于写信的我用写信的方式祝她生日快乐，告诉她这半生里她为我做得多，我为她做得少。

我们的友谊像一条小溪，波澜不惊却有自己的方向。30年过去了，它始终在不知不觉间滋润着我们。30年过去了，我们成了知己。我感谢中文里有知己这个词，她比"朋友"更能表达我的心意。我感谢上苍让我在茫茫人海中拥有我的知己，无论时代如何变迁，个人怎样悲喜。

写作技巧 / Writing Skill

感情真挚，以情动人：这篇记叙文叙述了一对好朋友30年的友谊，虽是记叙，但毫无平淡之感，究其原因，在于作者叙述的语言饱含感情。这种披情入文的方法，能产生以情动人的效果，能激起读者的情感共鸣。

爱的箴言 / Loving Speaking

一个人一生可能会有很多朋友，但是却不一定有真正的知己。知己是彼此相知而情谊深切的朋友，但又超越了普通朋友。知己之间心领神会，他们能读懂对方的每一个眼神，能明白对方每句话的含义。拥有知己，你从此不会感到孤独、寂寞。

沙漠里的两个朋友

文/于昊

朋友的美好，只在于彼此之间那份温暖的感觉，
那种心灵与心灵共鸣的感动……

从前，有两个朋友去沙漠中旅行。旅途中，他们为了一件小事争吵起来，其中一个人打了另一个人一记耳光。

被打的人觉得深受屈辱，一个人走到帐篷外，在沙子上写道："今天我的好朋友打了我一巴掌。"

他们继续往前走，一直走到一片绿洲，停下来饮水和洗澡。在河边，那个被打的人差一点被淹死，幸好被朋友及时救起来了。

被救起之后，他拿了一把小剑在石头上刻下了这样的话："今天我的好朋友救了我一命。"

他的朋友好奇地问道："为什么我打了你后，你要写在沙子上，而现在要刻在石头上呢？"

他笑着回答说："当被一个朋友伤害时，要写在易忘的地方，风会负责抹去它；相反，如果受到了朋友的帮助，我们要把它刻在心的深处，那里任何风都不能磨灭它。"

真正的朋友的伤害也许是无心的，帮助却是真心的，忘记那些无心的伤害，铭记那些对你的真心帮助，你将会发现这世上真心的朋友不断地多起来。

写作技巧 / Writing Skill

对比手法的运用突出了朋友相处之道：挨打的人把朋友的伤害和帮助分别刻在了沙上和石头上，这种强烈的对比突出了这个人对朋友的宽容与珍视，值得我们每一个人借鉴。

爱的箴言 / Loving Speaking

在日常生活中，就算最要好的朋友也会有磨擦。对待朋友，信任和宽容是第一位的。用心去体会拥有朋友的美好感觉吧，与朋友彼此珍惜，彼此帮助，共同进步与成长。

善心如水

文/余妮娟

有的时候，真诚的善意比什么都重要。
善心如水，这是幸福的唯一理由。

我有一个朋友，夫妇俩在同一家企业工作，都是老实巴交的小职员。两年前，朋友所在的那家企业改制，他们在第一批人员分流中便下了岗。好在夫妇俩平时待人不错，在街坊邻居中极有人缘，下岗不久，便在小城新兴的一个服装市场里开起了一家川味火锅店。

不出三个月，夫妇俩便以待人热忱、收费公道而赢得了大批的"回头客"。我也常常去照顾生意，去的次数多了，我便发现几乎每到吃饭的时间，七八个大小乞丐都要成群结队地到朋友的火锅店来行乞。

说实在的，我从未见过小城里其他家的店主能够像朋友夫妇俩一样宽容平和地对待这些乞丐的，而我特别注意到，夫妇俩施舍给乞丐们的饭菜，都是从厨房盛来的新鲜饭菜，并不是那些顾客用过的残汤剩饭。我真切地感受到，夫妇俩的这些行善行为都是发自内心的，像水的流动一样泰然而安详。有禅语说："善心如水。"我想，一定就是夫妇俩的这个样子。

大约半年以前的一天深夜，一家从事服装生意的老板，忘了将烧水的煤炉熄灭，结果引发了一场大火。这一天，恰巧我的这位朋友到昆明进货，店里只留下女人照看。眼看辛辛苦苦张罗起来的火锅店就要被熊熊大火吞没，就在这危急之时，只见那帮平常天天上门乞讨的乞丐，冒着生命危险将一个个笨重的液化气罐不停往外搬运到安全的地段。紧接着，他们又冲进马上就要被大火包围的店内，将那些易燃的物品也全部

搬了出来。消防车很快开来了，由于抢救及时，虽然也遭受了一点小小的损失，但火锅店终于给保住了。

由于火锅店的许多用具在乞丐们的奋力抢救下而未受到大的损失，所以火灾发生后的第二天下午，火锅店便恢复了营业。夫妇俩都思量着在今后的日子里，要更加真诚地对待那些上门乞讨的乞丐。但奇怪的是，那些乞丐从此再也没有出现过，好像一下子便从小城里消失了。

终于有一天，有个小城的人到另外一个城市去出差，又发现了这些乞丐，不过他们已经改为拾垃圾为生了。夫妇俩专程到那个城市去探望，老乞丐满眼热泪地对夫妇俩说："在小城乞讨的日子，只有你们夫妇俩把我们当人，是你们夫妇俩的尊重使我们重新恢复了自尊和自信。尽管我们目前仅能靠捡拾垃圾为生，但我们感到非常快乐和幸福。"

写作技巧 / Writing Skill

别有韵味的结尾，升华了文章主题：本文的结尾不落窠臼，作者通过乞丐的口揭示了受善者人生观的积极转变过程，从而升华了文章主题。

爱的箴言 / Loving Speaking

善良也是一种生活态度。多一份微笑，世间就少一份悲苦；多一份帮助，世间就少一份冷漠。每天在你的心里开一朵善良的花，用爱心的泉水去浇灌，终有一天，荒漠也会拥有春天。

上好的一座仓房

文/[美]爱德华·齐格勒

友谊就像一颗宝石，你若珍惜，它会永远闪烁、发光；
你若置之不理，它便会黯然失色。

旧时的友谊冷却了，一度亲亲密密，此时的关系却十分紧张，我的自尊心又不允许我拿起电话。

一天，我拜访了另一位朋友，他长期担任外交公使和参赞。我们坐在书房里——四周有上千本书——开始侃起了大山。我们谈得很深很广，扯到了现代小型计算机，还聊到了贝多芬苦难的一生。

最后话题转到了友谊，讲到了当今的友谊如何只是昙花一现。作为一例，我提到了自己的经历。我的朋友说："友谊是个神秘的东西。有些会天长地久，有些则四分五裂。"

　　我的朋友指着临近的一家农场说："那儿曾经有一座大仓房，可能是19世纪70年代建造的，坚实牢固。但是，像此地的许多其他建筑一样，它倒塌了，因为人们都跑到富饶的中西部去了，没有人照管仓房。当时的房顶急需维修，雨水已经透过屋檐，顺着内部的梁柱往下淋。

　　"一天，一场大风刮来了，整个仓房在风暴中颤抖。当时，你会听到那种噼啪声：开始像旧船板一样嘎吱嘎吱地响，接着是一连串猛烈的噼里啪啦声，最后是一阵巨大的轰鸣，仓房变成了一堆碎木片。

　　"风暴过后，我去看了看那些古老而漂亮的栎木，一个个仍然坚实如初。我问农场主到底是怎么回事。他说，他估计是雨水聚积在结合处的榫眼里，一旦榫头烂了，巨大的横梁便无法连接在一起了。"

　　我的朋友说，这件事他琢磨了很久，最后渐渐领悟到，建造仓房与建立友谊之间有着某些相似之处：无论你有多么强大，无论你的造诣如何卓然，但只有在同别人的关系中，你才具有持久的意义。

　　"要使自己的生命成为坚固的结构，既服务于他人，又充分发挥自

己的潜能。"他说，"你得记住，力量再大也不能恒久，除非仰仗他人的联合与支持。孤行己见，势必会栽跟头的。"

"友谊关系需要呵护，"他补充说，"像那仓房的房顶一样。未复的信件，未道的谢意，损害了的信任，未解决的争端——所有这些正像雨水渗入了榫眼一样，削弱了横梁之间的连接。"

他又摇着头："那本来是座上好的仓房，即使维修也花费不了什么。可现在，再也重建不起了。"

下半晌，我起身告辞。"你难道不想借我的电话机用一用吗？"他问。

"哦，"我说，"想，非常想。"

写作技巧 / Writing Skill

借物说理，形象生动：从物之特点引出社会人生道理，由此及彼，这种写法叫作"借物说理"。文章以仓房比喻友谊，以仓房的倒塌比喻友情的破裂，说明了友情需要呵护、需要经营这一道理，比喻贴切，主旨突出。

爱的箴言 / Loving Speaking

有时友情牢不可破，但有的时候，友情像玻璃般易碎。若想让可贵的友谊天长地久，需要双方用心去经营。彼此尊重、彼此关心、彼此欣赏、彼此体谅，这些都是可以让友谊保鲜的方法。

生活到底是什么

文/ [德]塔尼亚·科奈斯

生活是你眼中的世界，是你心灵的镜子，
点点滴滴都能找到你存在的影子。

　　一位满脸愁容的生意人来到一个充满智慧的老人的面前。"先生，我急需您的帮助。虽然我很富有，但人人都对我横眉冷对。生活真像一场充满尔虞我诈的厮杀。""那你就停止厮杀呗。"老人回答。

　　生意人感到无所适从，便带着失望离开了老人。在接下来的几个月里，他的情绪变得糟糕透了，与身边每一个人争吵斗殴，由此结下了不少冤家。一年以后，他变得心力交瘁，再也无力与人一争长短了。

　　"哎，先生，现在我不想跟人家斗了。但是，生活还是如此沉重——它真是一副重重的担子呀。""那你就把担子卸掉呗。"老人回答。

生意人对这样的回答很气愤，怒气冲冲地走了。在接下来的一年当中，他的生意遭遇了挫折，并最终丧失了所有家当。妻子带着孩子离他而去，他变得一贫如洗，孤立无援。

这一次，两手空空的他选择在老人居住的那个山的一个角落住了下来。

有一天，他突然悲从中来，一直哭了几个月，直到把眼泪哭干。在一个和煦的阳光正普照着大地的早晨，他又来到老人那里。"先生，生活到底是什么呢？"老人抬头看了看天，微笑着答道："一觉醒来又是新的一天，你没看见那每天都照常升起的太阳吗？"

写作技巧 / Writing Skill

通过对话，揭示蕴意深刻的哲理：作者巧妙设定了一个场景，让生意人和智慧老人展开一次次的对话，借智慧老人简明而又富含哲理的回答，来阐述深刻的道理，使文章"言有尽而意无穷"。

爱的箴言 / Loving Speaking

每个人都要以平静的心态面对生活，不怨天尤人，做好自己，过好生命中的每一天。这大概就是智慧老人的处世哲学吧。生活中没有完美无瑕，所以没有必要求全责备、自寻烦恼，只要能使生活过得快乐就足够了。保持一颗积极的心态，太阳每天都是新的。

生命的力量

文/刘秀水

弱小的生命，却蕴藏着惊人的力量。当这种力量爆发时，
甚至可以战胜一切厄运与灾难。

1999 年7月25日，美国洛杉矶市，一名持枪抢劫银行的劫犯被赶到的警察包围了。仓皇出逃的一瞬，劫犯本能地从人群中抓过一人充当人质。不料，他用枪指着的这名人质竟是一个孕妇。而且，由于受到惊吓的缘故，孕妇开始了痛苦的呻吟。

在场的人连同劫犯本人几乎同时发现，孕妇的衣裤正一点一点地被鲜血染红。突然，歹徒不再叫嚣，而是用一种温和的目光打量这位头被枪顶着的人质。四处散开的警察开始紧张起来，他们不知劫犯将要干什么。就在警察们想进一步采取措施时，劫犯却出人意料地把枪扔在地

上，而后缓缓举起双手。警察一拥而上。就在警察押着劫犯准备离开时，孕妇却坚持不住了。这时，只听束手就擒的劫犯说："等等好吗？我是医生，只有我能帮助她。"怕警察不信，他又补充说："她随时都有生命危险，根本无法坚持到医院。"警察破天荒地松开了手铐。不多久，一声洪亮的啼哭声响彻大厅，人们情不自禁地欢呼雀跃起来，不少人因此竟感动得热泪盈眶。

劫犯事后告诉警察，是那个即将出世的小生命征服了他。他当时便想，生命对于每个人而言只有一次，自己有什么权利掠夺他人最为珍贵的东西呢？征服歹徒的不是靠警察黑洞洞的枪口，而是那个幼小的生命产生的巨大力量。

其实，查阅人类的辞典，生命的力量不仅仅是能征服歹徒，在许多时候，生命的力量简直就是所向披靡。

我的一位朋友，突然间查出患了癌症。当他最终明白，生命对于他

只是以小时计算时，他才由衷地感到生命对于他的重要。一种求生的本能终于让他拿出令他自己也吃惊的勇气。他不再自暴自弃，而是每天唱着歌接受化疗。奇迹出现了，他不仅在医生宣判"死刑"后还活了整整20年，而且至今仍好好地活着。朋友战胜了病魔，与其说这是医学的奇迹，还不如说是生命的力量创造的神话。

生命对于人而言只有一次，且十分短暂。因此没有人会轻易舍弃，人们总是尽可能去发掘这种来自本身的力量，去战胜一切不可战胜的厄运与灾难。在正常人眼里，生命无疑是弱小的。在哲人眼里，生命却有着一种惊人的力量，这种力量是世间一切巨大力量所无法比拟的。

写作技巧 / Writing Skill

选取经典材料，详略得当地表现主题：作者先详写了新生命对歹徒的感化作用是无比巨大的，然后简述了朋友与癌症展开斗争而展示出强大的生命力量。两个故事一详一略，角度各异，文章显得错落有致。

爱的箴言 / Loving Speaking

生命的力量是世界上最伟大的力量。如果你对此没有察觉，那么当艰难困苦来临时，就请尽量发掘你的生命潜能吧！因为，展现生命的力量，也即是创造美丽的人生。

生命的三个支点

文/喻寒菊

智慧、简单、专注是生命的三个支点，凭借这三个支点，
我们就能开启成功的大门。

有一种很小的鸟，能够飞行几万里，跨越太平洋，而它需要的只是一小截树枝。它把树枝衔在嘴里，累了就把那截树枝扔到水面上，然后飞落在树枝上休息一会儿；饿了它会站在那截树枝上捕鱼；困了它就站在那截树枝上睡觉。一截树枝，一个愿望，一份执著。

我们不禁敬仰于鸟的智慧，羡慕于鸟的简单，惊讶于鸟的专注。智慧、简单、专注，于人，这也是生命的三个支点吧。

一个智障孩子，每个人见了他都会烦，包括他的父母。他整天哭闹，并且做出吓人的模样，身体不停地扭动，没有人能够让他停下来。父母必须24小时照顾他，否则他会破坏家里的一切。他每天只睡3个小

时，而且在这3个小时里，还会突然醒来。他的父亲几次想把他送到社会福利院，可就是无法下定决心。

孩子6岁的时候，还说不好一句话，而且他开始不愿见生人。医生诊断后告诉他的父母："可怜的孩子，他得了自闭症。"

没有人能教育他，家人只得求助于康复中心。于是，父母把他带到一家儿童教养中心。那里的老师也无法管教他，因为他不停地在课堂上发出尖叫，让其他孩子惊吓不已。他的手不断地在玩东西，一刻也不休息，连睡觉的时候也在动。

老师说，这样的孩子没救了，让他自生自灭吧。

有一天，孩子发现地上有一支水笔，就用它在地上画了一道线。然后，他不停地玩着这支水笔，不断地在地上画着线条，没有人阻止他。

第二天，他继续画。细心的老师发现了他画的这些线条，不禁惊呼道："天哪，他竟然会画画！"

其实，这些线条并不是画，只是一个智障儿童能画出圆形、方形的线条，足以让人惊讶。

老师没有像往常一样夺走他手中的东西，而是在地上铺好白纸，让他在纸上画。这个

孩子就一直抓着他的水笔，除了睡觉之外的时间都在作画。没有人指导他，他的世界里只有他自己和水笔。

10年后，他的画被人拿到了拍卖会上，结果意外地卖出了，而且被许多资深画家看好。

他就这样一举成名。他的名字叫理查·范辅乐，苏格兰人。他的作品在欧洲和北美展出过100多次，已卖出1000多幅，每幅售价是2000美元。

现在，许多人都会感叹一个智障孩子竟然可以成为画家，但谁都忽略了这样的一个细节：他眼里没有其他的诱惑和干扰，只有他的水笔，即使在吃饭的时候还是握着它。这有几个正常人能做到？

写作技巧 / Writing Skill

选取典型的事例，表达深刻的主题：作者先以小鸟的故事引出"智慧、简单、专注"的主题，再以智障孩子的故事进行具体阐述，这样做可谓详略得当，主题更加突出。

爱的箴言 / Loving Speaking

浮躁，已经成为如今社会的通病。有的人想着快速致富，有的人想着快速成功。在这个错综复杂的世界上，能静下心来，简简单单、认认真真地只做一件事，反而成了最难的事情。相反，你如果能做到这一点，就终有一天能做出一番成就来。

生命的五种恩赐

文/ [美]马克·吐温

名望、爱情、财富、欢乐和死亡，哪一样最宝贵？
不同的选择，就会带来不同的人生。

（一）在生命的黎明时分，一位仁慈的仙女带着篮子跑来，说："这些都是礼物，挑一样吧，把其余的留下。小心些，做出明智的选择，因为这些礼物当中只有一样是宝贵的。"

礼物共有五种：名望、爱情、财富、欢乐、死亡。少年迫不及待地说："不必考虑了。"他挑选了欢乐。

他踏进社会，寻欢作乐，沉湎其中。可是，每一次欢乐到头来都是短暂、沮丧、虚妄的。最后，他说："这些年我都虚度了。假如我能重新挑选，我一定会做出明智的选择。"

（二）仙女又出现了，说："还剩四样礼物，再挑选一次吧。记住，光阴短暂，这些礼物中只有一样是最宝贵的。"

这个人沉思很久，然后挑选了爱情。可惜，他没有觉察到仙女的眼里涌出了泪花。多年后，这个男人坐在一间空屋子里，守着一口棺材。他喃喃自语："她们一个个抛下我走了。如今，她——最亲密的最后一个躺在这儿了。为了那个滑头商人——爱情，卖给我一小时的欢娱，我付出了一个小时的悲伤。我从心底里诅咒它。"

（三）"重新挑吧，"仙女说，"岁月无疑把你教聪明了。还剩三件礼物，记住，它们当中只有一样是有价值的，请小心选择。" 这个男人沉思了很久，然后挑选了名望。仙女叹了口气，扬长而去。

好些年过去后，仙女又回来了。她站在那个独坐在暮色中冥想的男人身后。她明白他的心思："我名扬世界，有口皆碑。对我来说，虽有一时的欢喜，但毕竟转瞬即逝！接踵而至的是嫉妒、诽谤、中伤、嫉恨、迫害，然后便是嘲笑。一切的末了，则是怜悯，它是名望的葬礼。"

（四）"再挑一次吧。"这是仙女的声音，"还剩两样礼物。别绝望，从一开始，便只有一样东西是宝贵的，它现在还在这儿呢。"

"财富——即权利！我真瞎了眼呀！"那个男人说，"现在，生命终于变

得有价值了。我要挥金如土，大肆炫耀，让那些惯于嘲笑和蔑视我的人都匍匐在我脚下。我要用他们的嫉妒来喂饱我饥饿的心灵。我要享受一切奢华、一切快乐以及精神上的一切陶醉。这个肉体，人们都视为珍宝。我要购买一个庸碌的人间商场所能提供的人生种种虚荣。"

短暂的三年过去了。一天，那个男人坐在一间简陋的顶楼里瑟瑟发抖。他憔悴、苍白，双眼凹陷，衣衫褴褛。他一边啃着一块干面包皮，一边喃喃道：

"为了那种种卑劣的事端和镀金的谎言，我要诅咒人间的一切礼物以及一切徒有虚名的东西！它们不是礼物，只是些暂借的伪装。它们永恒的真相是——痛苦、悲伤、羞辱、贫穷。仙女说得对，她的礼物中只有一样是有价值的。现在我知道，这些东西跟那无价之宝相比是多么可怜、卑贱啊！沉浸在无梦的永久酣睡之中，折磨肉体的痛苦和咬啮心灵的羞辱、悲伤，便一了百了。给我吧！我疲倦了，我要安息。"

（五）仙女来了，又带来了四样礼物，单独缺少死亡。她说："我把它给了一个母亲的爱儿——一个小孩子。他虽然懵然无知，却信任我，求我代他挑选。你没要求我替你选择啊。"

"哦，我真惨啊！那么，留给我的是什么呢？"

"你只配遭受垂暮之年反复无常的侮辱。"

写作技巧 / Writing Skill

巧妙运用序数串珠式搭建文章骨架：男子从仙女的篮子里先后挑选了五样东西，先后产生了五段故事。这种写作方法便于从不同角度（即男子的不同选择）来展示材料，表达文章的主题，使行文条理更清楚。

爱的箴言 / Loving Speaking

在一定的范围内和正确的需求下，人的欲望也许会带来幸福和快乐，但如果超出这个范围，可能就会是不一样的结果。人到底该怎样对待自己的欲望呢？也许，我们能做到的只是在时间的长河中不断地提高自己的心境，追求高尚的精神生活吧。

圣诞节的卡片

文/ [美]泰瑞莎·彼得森

友谊是奇迹，它是送给孤单者的最好礼物。
寂寞的心灵因为有了友情的滋润而感受到生活的美好。

害羞而内敛的爱比，转学进入市中心的市区中学，开始上二年级。她没料到自己会陷入孤单，而且她很快就发现，自己非常怀念一年级的老同学。那个班人数不多，可是每个人都十分友善，不像现在的新同学，个个冷漠无比。

没有人和她说话，因此她的声音也没人听得到，她最后终于相信，自己的想法不值得一提，因此她保持沉默，几乎一句话也不说。

她的父母开始担心她会一直交不到朋友，于是他们用尽各种方法，想帮助她适应新环境，可是没有用。

不幸的是，爱比的父母并不知道，爱比已经开始考虑结束自己的生命。她时常哭着入睡，相信这个世界上再也没人愿意真诚地和她做朋友。

夏天过了以后，情况变得更糟了。爱比一个人整天无所事事，只能胡思乱想，她觉得生活就只能是这样，这日子一点都不值得继续过下去。

爱比升上三年级以后，加入当地教会的一个青少年组织，希望借此交些朋友。但是那里的人表面上很欢迎她，私底下却希望她不要进入他们的圈子。

快到圣诞节的时候，爱比已经陷入极度的低潮，每晚都必须靠安眠药才能入睡。到最后，她决定趁着圣诞夜父母外出参加派对时跳河自杀。她离开温暖的屋子，准备走一段路到桥上去。不过她决定先在信箱里留个字条给父母，她打开信箱的门，看见里面已经有好几封信。

她拿出那些信，看看是谁寄来的。一封是祖父母寄来的，有几封是邻居放的……接着她看到有一封是寄给她的！她急忙把信打开，那是青少年组织里一个男孩寄来的卡片。

亲爱的爱比：

我很抱歉没能早一点和你谈话，因为我父母正在办离婚手续，所以我没机会和人多说话。我希望你能帮我解决一些父母离婚的小孩会碰到的问题，我觉得我们可以做好朋友，互相帮忙。星期天在青少年组织见！

你的好朋友卫斯理·希尔

爱比瞪着卡片看了好久，读了一遍又一遍。纸条上写的"做好朋友"，让她露出了微笑。她明白有人关心她的生活，而且希望和平凡、安静的爱比·耐特做朋友。她感觉很特别。

爱比转身回到屋里，进门第一件事就是给卫斯理打电话。

写作技巧 / Writing Skill

运用顺序的记叙方法，推动故事发展：文章按照事情发展的顺序，记叙了主人公爱比由保持沉默，到胡思乱想，到陷入低潮，直至最后获得友谊的事，将一个因缺少友情而绝望、因友情的滋润而欣喜的小女孩的情态刻画得入木三分，同时推动故事发展。

爱的箴言 / Loving Speaking

每个人都渴望友谊，友情像清泉一样滋润人心，给人以生活的力量。有了朋友的陪伴，我们不会再感到寂寞，快乐可以与朋友分享，忧伤可以向朋友倾诉，平淡的生活从此变得不同。

师者老马

文/王涛

他是普通的，因为他是千千万万师者中的一员；

他又是与众不同的，因为他侠肝义胆，心忧天下，不谙世俗，只知奉献。

毕业一年多了，也许马老师已认不出我这个学生，但我却总不能忘记马老师。马老师，学生也称其老马。年近50，副教授。不拘形迹，打扮常像看门人，头发茂密且无序。他个性鲜明，有点侠客味，有时甚至像堂吉诃德。在学校诸多温文尔雅的教授之中，他显得很有特点。

第一堂课，马老师为我们讲的是有关"锅炉燃烧与烟气净化"的内容，他语出惊人："你们热能专业的学生都是小败家子。人类的文明发展史可归结为两把火。第一把火烧熟食物，给人类带来了光明和温暖；第二把火在锅膛里燃烧，给人类带来了工业文明，但污染也大量出现，生态遭严重破坏。如此下去，子孙后代要骂我们的！"台下寂静无声。这是大学四年来，我们第一次真正意识到对社会环境应负有的一种责任。先前我从未想到它离我们如此之近。

教材是马老师自编的，收录了他多年整治污染的研究成果，很多属于他自己的技术秘密。他有时似乎也有"知识产权"的概念。他对我们说："我的课只讲给我的学生听。"只要有外人来听课，他就喜欢"讲些重点的东西"。而在我们的课堂上，他总恨不得把脑子里的知识都掏给我们。

一日，马老师饭后散步到一家煤厂，见厂里生产的是普通型煤，他便找到"头儿"，非要告诉人家几项能降低硫氧化物的排放、减少污染的技术不可。那"头儿"也许以衣貌取人，也许对污染压根就不关心，也许不相信天下还有这等好事，反正把老马轰走了。说起此事时，老马一副耿耿于怀的样子。

毕业前，老马竭力煽动我们跟他去一单位搞毕业设计。他的广告语竟然是："跟我搞毕业设计，有酒喝，有肉吃，有车坐。"结果去了

后，"酒、肉、车"不幸都打了折扣。

其实，这不足为怪。老马给人家搞设计，完成之后，有的单位（特别是那些经济不景气的单位）的"头儿"，只要称兄道弟跟老马喝几杯，最好再拉扯上些什么校友之类的关系，多哭哭穷，老马就会义无反顾地"扶贫"，而忘了为何自己总属教授中的"第三世界"。

毕业时，老马送的"马语"是："大学四年，你们应该带着'句号'进来，带着'问号'出去；不应带着'问号'进来，带着'句号'出去，否则你的大学生活是失败的！"

马老师啊，您好像什么都明白，又好像什么都不明白。

写作技巧 / Writing Skill

一线串珠，结构清晰：本文是一篇写人记叙文，通过几件小事从不同侧面塑造了一位不拘形迹、有社会责任感、不计个人得失的知识分子形象，对他的赞美是文中深埋的线索，起到了贯串全文的作用。

爱的箴言 / Loving Speaking

文中的老师个性鲜明，具有诸多优秀品质，而他所表现出的高度的社会责任感尤其令人感叹。他的那种心容寰宇、关心社会进步的广阔胸怀不仅会让他的学生受到启迪，我们每个人也会因此受益。

她告诉我，哭没关系

文/ [美]戴芙娜·雷南

朋友是一种相伴，也是一种相助，
友情培育的过程也是爱的相互传递、相互馈赠的过程。

昨天晚上是我多年以来第一次再见到她。她看起来糟糕透了，所有的头发染成浅色，企图藏住原本真正的色泽，就好像她想用粗鲁冷漠的外表来掩藏内心深深的不快乐。她想找个人说说话，于是我们就到外面散步。我心里想着未来，想着最近收到的大学入学申请书；她心里则想着过去，想着最近刚离开的家。然后她开口倾吐，将自己的爱情说给我听——我看到一段充满依赖的关系，一个掌控一切的男人；她告诉我她吸毒——我看出那些毒品是她的避风港；她描述未来的目标，我看到一些不切实际、追逐物质的梦想；最后她说她需要朋友——我看到希望，因为至少这是我可以给她的。

我们是读二年级的时候认识的。当时她少了一颗牙,我则少了很多朋友。我刚从美国大陆的另一头搬来,在森严冷酷的学校大门外,我只找到冷冰冰的金属秋千和冷漠呆滞的笑脸。我问她漫画能不能借我看。虽然我不是很喜欢看漫画,她说好,虽然她不是很想借我。也许我们两个都在寻找微笑吧!我们也确实找到了。我们找到一个人,可以在夜深时一起咯咯地笑,可以在因天气严寒而停课的日子里,一起稀里呼噜地喝热巧克力,一起坐在窗边,看着窗外的雪花仿佛永远不会停止般地飘落。

夏天时,我在游泳池边被蜜蜂叮到,她握住我的手,告诉我她就在我身边,若我想哭的话没关系——于是我哭了。秋天时,我们把落叶扫成一堆堆的,然后从高处往下跳,一点也不害怕,因为我们知道,五彩缤纷的落叶会在下面托住我们。

只不过现在,她从高处掉下来,却没有人在下面托住她。我们好几

个月没说过话，好几年没见了，我搬到加州来，而她也搬了家，两个人过的日子南辕北辙，两颗心的距离也比她刚横越的美国大陆还要遥远。她的话让我感觉陌生，但她的眼神却告诉我她的渴望，她在寻求力量，努力想办法重新开始。她需要支持，现在的她，比任何时候都还需要我的友谊。于是我拉住她的手，告诉她我就在她身边，若她想哭的话没关系——于是她哭了。

写作技巧 / Writing Skill

　　使用插叙，使文章结构生变：文章开篇叙述了一对朋友分别多年后的重逢，随之用插叙的手法回忆了二人的交往过程，最后又将镜头拉回现在。使用插叙的手法，避免了因平铺直叙造成的平淡，使文章结构曲折有致。

爱的箴言 / Loving Speaking

　　多年以前，朋友伸出同样稚嫩的手，牵着你的手，和你一起走过那些欢笑与眼泪共存的岁月。如今，落难的朋友也许正需要一个可以依靠的肩膀。给他一个坚实有力的拥抱，送上支持和鼓励，向他回馈你的爱吧。

未上锁的门

文/[英]凯瑟琳·金

敞开的家门随时恭候出走的女儿平安归来，
母亲用无言的行动诠释了对子女无尽的爱。

在苏格兰的格拉斯哥，一个小女孩像今天的许多年轻人一样，厌倦了枯燥的家庭生活，厌倦了父母的管制。

于是，她离开了家，决心要做一个世界名人。然而，她每次满怀希望求职时，都被无情地拒绝了。她只能走上街头，开始自甘堕落。

许多年过去了，她的父亲死了，母亲也老了，可她仍陷在无法自拔的泥沼中。

很长时间，母女从没有什么联系。可当母亲听说女儿的下落后，就不辞辛苦地找遍全城的每个街区，每条街道。

　　她每到一个收容所，都停下脚步，哀求道："请让我把这幅画贴在这儿，好吗？"画上是一位面带微笑、满头白发的母亲，下面有一行手写的字："我仍然爱着你……快回家！"几个月后，还是没有什么变化。

　　一天，女孩懒洋洋地晃进一家收容所，在那里，等着她的是一份免费的午餐。她排着队，心不在焉，双眼漫无目的地从告示栏里随意扫过。就在那一瞬间，她看到了一张熟悉的面孔：那会是我的母亲吗？

　　她挤出人群，上前观看。不错！那就是她的母亲，底下有行字："我仍然爱着你……快回家！"她站在画前，泣不成声。这会是真的吗？这时，天已经黑了下来，但她不顾一切地向家奔去。当她赶到家的时候，已经是第二天的凌晨了。

站在门口，任性的女儿迟疑了一下，该不该进去呢？终于，她敲响了门，奇怪！门自己开了，怎么没锁门呢？不好，一定是有贼闯了进去！记挂着母亲的安危，她三步并作两步冲进卧室，却发现母亲正躺在床上安然地睡觉。

她把母亲摇醒，喊道："是我！是我！女儿回来了！"

母亲不敢相信自己的眼睛，她擦干眼泪，果真是女儿。娘儿俩紧紧抱在一起。女儿问："门怎么没有锁？我还以为有贼闯进来了呢！"

母亲柔柔地说："自打你离家后，这扇门就再也没有上锁。"

写作技巧 / Writing Skill

结尾画龙点睛，耐人寻味：最后一句母亲所说的话是点睛之笔，写出了母亲对女儿的思念，她从来没有停止过寻找，因此家里的门也从未上锁。母亲的胸怀是如此博大，作者寥寥几笔却饱含深情，可谓言有尽而意无穷。

爱的箴言 / Loving Speaking

母亲对子女的爱是最伟大的，它没有任何附加条件，无论你是优秀的还是普通的，甚至曾经误入歧途……要知道，母亲的爱和宽容之门永远不会关闭。永不抛弃，从不放弃，这就是母亲的包容和坚守。

我的奶奶

文/ [韩]李美爱

奶奶的手是黑黑的，那是艰辛留下的痕迹；
奶奶的心是滚烫的，那是坚忍和善良在燃烧。

父亲在一家小公司工作，很辛苦地赚钱养家。为了替父亲分担一些责任，奶奶上山挖野菜，整理完再把它们卖掉，以此来贴补家用。

尽管奶奶很辛苦地叫卖着，但比起生意兴隆的日子，生意清淡的日子总是占大多数。

我很讨厌没有奶奶的房间，因为那会让我倍感孤单；也很讨厌奶奶挖山野菜，因为只要我一做完作业，就必须帮奶奶择菜。而这个脏活，常常把我的指尖染黑。如果那样，无论用清水怎么洗，那种脏兮兮的黑色总是洗不掉，让我懊恼极了。

有一天，发生了一件让我措手不及的事。

"星期六之前，同学们一定要把家长带到学校来，记住了吗？"老师对我们说，"学校要求学生们带家长到学校，主要是为了商量小学升初中的有关事宜。"别的同学当然无所谓，而我……能和我一起到学校的，只有奶奶一个人。听到老师的话，我无奈地叹了一口气："唉……" 寒酸的衣服、微驼的背……最要命的，是奶奶指尖那脏兮兮的黑色！

不懂事的我，掩饰不住内心的焦虑，不知道该怎么办才好。不管怎么样，我都不愿让老师看到奶奶指尖的黑色。我满脸不高兴地回到家，犹犹豫豫地说："嗯，奶奶……老师让家长明天到学校。"

虽然不得不说出学校的要求，我心里却暗自嘀咕："唉，万一奶奶真的去了，可怎么办啊？"我心底备受煎熬，晚饭也没吃，盖上被子，蒙头大睡。

第二天下午，有同学告诉我，老师让我去教务室一趟。还没进屋，我忽然愣住了，几乎在一瞬间，我的眼睛里充满了泪水！"呀，奶奶！"我看见老师紧紧地握住奶奶的手，站在那里。"智英呀，你一定要努力学习，将来好好孝顺奶奶！" 听到老师的话，我再也忍不住，顷刻间眼泪夺眶而出。

老师的眼角发红，就那样握着奶奶的手。那是怎样的一双手啊：整个手掌肿得很大，红色的伤痕斑斑点点！原来，奶奶很清楚孙女为自己的这双手感到羞愧，于是整个早晨，她老人家都在用漂白剂不停地洗手，还用铁屑抹布擦手，想去掉手上的黑色。结果，手背上裂开了大大小小的口子，血从里面流了出来。

看到那一双手，我才懂得了奶奶那颗坚忍而善良的心！ 🀄

写作技巧 / Writing Skill

以人物的心理变化为线索，贯穿全文：奶奶的"黑"手让"我"懊恼、羞愧、感动……"我"的一系列心理变化贯穿首尾，使全篇结构浑然一体。这样的写法十分符合第一人称的口吻，因而真实感人。

爱的箴言 / Loving Speaking

为了我们的成长，为了赚钱养家，祖辈们用羸弱的肩膀挑起生活的重担，饱尝世事的艰辛。他们给了我们这么多爱，难道我们就不该怀着感恩的心去回报吗？

我交给你一个孩子

文/ [英]克里斯蒂娜

见义勇为说起来容易，做起来难，
但眼见花儿一般的生命受到摧残，有的人真的挺身而出了。

在学校门口，我遇到了契肯老师。"老师，这是妈妈给的。"我把一封信交给他，那是我们的约定。

半年前，我从学校回家时，发生了一件令社区居民和学生深感恐惧的事情。当时我坐在公交车上，邻座一位看上去很帅的青年向我打招呼。"你的头发很漂亮。真的！"我不好意思了，我说："您赞美我，是不是有事求我啊？"

"啊哈，好聪明！我是要求你的帮助。"他伸出手来，捏住我的手，待车停下时，牵我下了车。

命运是灰色的吧？我真没料到，竟是一个魔窟等着我。我被他带到了几百里以外的村庄。那里有一个团伙，他们逼迫我吸毒。我不从，他们就狠狠地打我。

命运又是蓝色的吧？是蓝色，像天空那样的蓝色。谁也没想到，契肯老师当天正好从皇后区回校，他发现了那家伙与我的事。之所以引起他的注意，是因为我很像他失踪的女儿。多年前，他的女儿就是放学后失踪的。不过，很快他便放弃了这种想法——因为她女儿的年龄比我大得多。他跟踪过来，又花了近两个月的时间，来往于伦敦和那乡村的秘密地点。后来他装成一个疯老头，钻进地窖，骗过看守把我救了出来！

政府要授予他"孤胆罗宾汉奖章"。契肯却回答说："我没做什么，只不过是我已失去一个女儿，不想再失去一个。"

为了报答契肯老师，母亲让我去做契肯老师的孩子。可契肯不同意："假如我只是因为克里斯蒂娜像我女儿才救她，那么我不配做老师。我只要求一件事，让克里斯蒂娜到我教课的学校念书吧。" 父亲说："这是个好主意。那么，让克里斯蒂娜的母亲答复吧。"就是这个约定，需要今天答复他。

以下是妈妈交给契肯的信。

契肯以及像契肯一样的老师：

我看着孩子步出长巷，她既不跑也不跳，一副循规蹈矩的样子。我想告诉城市的每一座楼、每一块草坪，今天我交给你一个孩子，她还没有真正逃离恐惧和灾难。我把她交给校园，交给计程车、运货车、警察、乘务员，交给一切在马路上可以遇到的人——你们会小心待她吗？会伸一伸手帮助她吗？会像契肯一样去保护她吗？我交给世界和早晨一个孩子，你们会给她什么？

契肯老师把妈妈的信贴在了校门边的黑板上。契肯老师、路过此处而停步阅读它的老师和我都热泪盈眶。

写作技巧 / Writing Skill

使用象征，引出下文："命运是灰色的吧？""命运又是蓝色的吧？"文中两次使用象征手法，暗示了"我"即将面临的境遇，同时增添了几分文学气息。

爱的箴言 / Loving Speaking

当文中的老师冒着生命危险深入魔窟将女孩救出来后，他已经不单单是一位老师，他还是一位慈父、一个英雄。教书育人是老师的职责，在学生陷入困境、需要帮助时，他们同样会奋不顾身，用大义大勇来书写师之爱。

我们学会了相处

文/高志芳

青葱岁月里，我们共同经历成长的烦恼与快乐，
宽容化解了彼此之间的摩擦，一切都随着时间的流逝而变成温馨的回忆。

成 长，让一切变得猝不及防。我们站在青春的门槛前，一边是少年的清纯，一边是成人的沧桑。当我们以纯真的自我融入社会，一时间，成长的烦恼与压力就变得无处不在。而我们的生命，便是在对烦恼的不断承受、克服、化解中一天天地蜕变、成长、定型的。

成长中最渴望的是与人交往，最烦恼的也是与人相处。

和同学聊天，她问起是否还记得当年的集体宿舍生活，我说当然记得，哪能忘得了啊！

刚到那陌生的宿舍，我边整理着行李边留意着满室的谈笑。早就听

说，同一寝室里常常会为了一点芝麻绿豆大的事闹起冷战。我只盼我所在的这个寝室是块"吉祥福地"，千万别闹出什么事。

然而，不想发生的还是发生了，导火线是宿舍打水问题。什么"我睡上铺，下来麻烦，打水嘛……""我靠门远，下次再轮我吧！""我也不行，反正我也不需要热水，你们谁愿意就代劳吧！"我晕……彼此推脱的结果便是一番激烈的争吵。不大的房间里硝烟弥漫，气氛极为紧张。

其实，寝室里原来有几瓶热水，但捷足先登的三个女孩子将水用得一滴不剩，又不肯去打。其他人也赌气地闷坐着，这才引发了"战争"。唉……怎么办呢？我去吧，只有这样了。

半夜里，我被嘈杂声吵醒，好像看到上铺的两个女孩子正在穿衣下床，一会儿，其他人也探身一看究竟——原来两个家伙拉肚子了。由于先前的争吵，大家都冷着眼看她们上上下下，还有不友好的声音："谁叫她们抢水那么不客气的，活该！"可以想象，那两位的脸色会有多难看。

过了一会儿，终于有人忍不住了，爬起来递上几颗家里带来的药

片。其他人也不再矜持，或是上前安慰，或是打来热水给她们服药。一切又恢复了平静。然而，黑暗里传来其中一个女孩子的哭声："都怪我，若不是贪小便宜……"

听到她的哭声，其他人不再有幸灾乐祸，不再有嘲笑讥讽，只有那不知何时响起的轻轻的歌声，消融了冰冷。温暖渐渐倦了我的眼，歌声也渐渐地更轻了、轻了……

之后的很久很久……过得很快，也很顺利。离开那间宿舍时，大家嘴角都扬起最舒心最坦然的微笑。🔒

写作技巧 / Writing Skill

先抑后扬，构思巧妙："文似看山不喜平"，作文最忌平淡无奇。文章先是叙述了同窗相处的不和谐音符，随着两个女孩的生病，同学间的关系慢慢由冷转暖，最后，一曲友爱之歌骤然响起。文章基调由抑转扬，构思精巧。

爱的箴言 / Loving Speaking

纯真的友情犹如山间清风、夏日香荷，有时淡淡的，有时浓浓的，令人陶醉，也令人感动。同学、朋友之间少一些计较，多一些体谅，少一些索取，多一些付出，友情的暖流就会在体谅和付出间来回流动。

我生命中的特别礼物

文/ [美]米切尔

来自家人、朋友的关怀和爱是无限的，
它们永远无法用数字确切地统计出来。

我被确诊得了癌症。在接受治疗的过程中，通过一串有趣的统计数字，我感到我得到了一个特别的"礼物"。它让我突然认识了人世间最重要的东西：家人和朋友一直关心着我们，无论我们身处何种境况——身体健康还是患有疾病。

尽管我统计的数字是随意的，但我的确认为以下数字对我很奇妙。

数字6改变了我的一生。数字6，确切地说是6厘米，是长在我左卵巢上的肿瘤的尺寸。

数字90％～95％是我在接受化疗后癌细胞完全消失的可能性。

数字7是我每月需住进医院连续接受化疗的天数，这样的治疗要持续

3个月。

很多时候我觉得上述数字并不是我生命中最重要的数字，或者说我不愿意让它们成为我生命中最重要的数字。我生命中最重要的数字是：

数字2：我有两个儿子，他们分别住在上下床。

数字12：我与丈夫的结婚年头。

数字1200：在我接受治疗期间，我最好的朋友往返两次来医院看我所经过的英里数。

数字1000：好朋友们装饰我的屋子所用的彩灯数量。他们想让我在12月接受治疗后回家时能有一个意外惊喜。

数字20：在治疗期间，朋友、邻居、亲戚为我的家人准备、购买或定做可口饭菜的次数。

数字8：在我无法驾车时，朋友们开车送我去医院的就诊次数。

数字22：为了能与我一起观看最新一集《哈利·波特》，我的4个朋

友和他们的7个孩子与我的丈夫和两个儿子等待了22天，直到我的细胞数量恢复正常。

对于那些帮助我摆脱困境，让我心存感激的电话、探访、礼物、鼓舞和关爱，我无法用准确数字加以计算，它们以一种积极的方式深深地影响了我。

特别的"礼物"并非只给了特别的我，就连我那位诸事讲求系统、严谨的数学老师也不得不同意——来自家人和朋友的爱是无限的，而且这种关爱的价值是无法估量的。🀄

写作技巧 / Writing Skill

结尾余味深长，主题得到了拓展：本文以"我"的数学老师同意"我"的观点来作结，不但使"我"的观点更有说服力，而且拓展了主题，达到了绕梁三日的艺术效果。

爱的箴言 / Loving Speaking

从某种意义上说，生命不单是我们自己的。因为家人、朋友给予我们的爱，汇入了我们生命的血液，使我们的生命增值。不只为自己活着，我们才会领悟到生活的美妙。

我愿成为你的声音

文/万新

爱情需要表白，行动证明一切。不会甜言蜜语没关系，
只要会手语，就依然可以传递爱的声音。

由于家人的强烈反对，女孩常与男孩拌嘴，尽管女孩深爱着那个男孩，但她还是忍不住经常问他："你到底爱我有多深？"而男孩不善言辞，不会拿甜言蜜语来哄女孩开心，这经常让女孩不高兴。

经过几年的交往后，男孩最终大学毕业，并决定到海外继续深造。在出国之前，男孩对女孩说："我不大会讲话，但是我知道我最爱的人是你。如果你答应的话，我会好好照顾你的。至于你的家人，我会尽我最大的努力去说服他们，你愿意嫁给我吗？"

女孩同意了。在男孩的一再坚持以及耐心的说服下，女孩的家人最终做出了让步。于是，男孩在出国之前同女孩订了婚。

不久，女孩就参加工作了。男孩在国外孜孜以求，继续着他的学业。他俩经常通过电子邮件和电话诉说衷肠。尽管这样维持爱情很是受累，但他们坚持不懈，从没想过要放弃。

一天，女孩在上班的路上被一辆失控的汽车撞倒了。当她醒来时，她看到父母守候在她的病床边，立刻意识到自己的伤势不轻。看到妈妈在哭，她想安慰几句，但是她发现她已说不出来话了。她失声了。

住院期间，她除了无声的哭泣外，还是无声的哭泣。回家后，一切仍是老样子。每次男孩打来电话的铃声响起时，她无法也不能去接听电话，因为她不想让男孩知道这件事，也不希望成为他终生的负担。于是她就给男孩写了封信，说她再也不愿等他了。

男孩接到信后给她写了无数封回信，也打了无数个电话，却始终

得不到她的回音，女孩的父母决定搬家换一个环境，希望女孩在新的生活环境里能将这一切忘掉，过得开心一些，重新开始一种新的生活。

一年后，女孩的朋友来看女孩时给她带来了一个信封，信封里装的是男孩的结婚请帖。女孩的心一下碎了，当她打开请帖时，却发现新娘的名字竟是她。当她惊讶地要问朋友这是怎么一回事的时候，忽然发现男孩已站在了她的面前。

他用手语对她说："我花了一年的时间学习手语，现在终于学会了。我从来没有忘记我们的爱情誓言，请给我一次机会吧，让我成为你的声音。我爱你！"话音刚落，他便把结婚戒指戴在了女孩的手指上。女孩终于绽开了醉人的笑容，激动和幸福的泪水模糊了她的双眼。

写作技巧 / Writing Skill

正面描写和侧面描写相结合：女孩对男孩的犹豫，是正面描写，作者着墨最多；男孩对女孩的执著不弃，是侧面描写，作者则用语简省。作者将正面描写和侧面描写结合起来，使文章架构显得更加饱满而立体。

爱的箴言 / Loving Speaking

男孩为了爱人而改变自己，唯一不变的是那颗对爱情执著专一的心。"你到底爱我有多深？"对这句追问，再美丽的言辞也难以形容，而坚定的行动就是最好的回答。

喜欢你已经拥有的

文/何权峰

请不要为失去的枉自悲伤；把握好现在拥有的，
你就会发现，原来生活可以更美的。

1929年，纽约股市崩盘，美国一家大公司的老板忧心忡忡地回到家里。"你怎么了，亲爱的？"看见他回家，妻子笑容可掬地问。"完了，我被法院宣告破产了，家里所有的财产明天就要被法院查封了！"他说完便伤心地低头饮泣。妻子这时柔声问道："你的身体也被查封了吗？""没有！"他不解地抬起头来。"那么，我这个做妻子的也被查封了吗？""没有！"他拭去了眼角的泪，无助地望了妻子一眼。"那孩子们呢？""他们还小，跟这档子事根本无关呀！""既然如此，那你怎么能说家里所有的财产都要被查封呢？你还有一个支持你的妻子以及一群有希望的孩子，而且你有丰富的经验，还拥有健康的身体和灵活的头脑。至于丢掉的财富，以后还可以再赚回来，不是吗？"妻子说。

三年后，他的公司再次发展成为《财富》杂志评选出的五大企业之一，而这一切成就仅仅来自于他妻子的几句话。

在你感到沮丧的时候，请列出一张详细的生命资产表：你有没有完好的双手、双脚？有没有一个会思考的大脑和健康的身体？有没有亲人、朋友、伴侣、孩子？有没有某方面的知识和特长？……

把注意力放在你所拥有的，而不是没有的或者失去的那部分，你将会发现，原来自己已经很富有了！

写作技巧 / Writing Skill

采用对话描写，体现文章主旨：丈夫的失落无助和妻子的关切鼓励，尽在一问一答间。丈妻间的寥寥数语，不仅体现了文章主题，也给读者留下了极大的想象空间。

爱的箴言 / Loving Speaking

世界上最珍贵的东西不是我们汲汲所求的，而是我们现在所拥有的，比如好身体、好心情，还有爱我们的人和我们爱的人。珍惜你所拥有的，你会发现幸福就在你身边。

下一次就是你

文/占砚文

每个人都会经历人生的低谷和高潮，
而别人的鼓励和支持往往是支撑我们走出低谷、迈向成功的动力。

有一个女孩对足球十分痴迷，一个偶然的机会，她被父母送到了体校学踢足球。

在体校，女孩并不是一个很出色的球员，因为此前她并没有受过规范的训练，踢球的动作、感觉都比不上先入校的队友。女孩上场训练踢球时常常受到队友们的奚落，说她是"野路子"球员，女孩为此情绪一度很低落。

每个队员踢足球的目标就是进职业队打上主力。这时，职业队也经常去体校挑选后备力量。每次选人，女孩都卖力地踢球，然而终场哨响，女孩总是没有被选中，而她的队友已经有不少陆续进了职业队。于是，平时训练最刻苦、最认真的女孩便去找一直对她赞赏有加的教练，教练总是很委婉地说："名额不够，下一次就是你。"天真的女孩似乎看到了希望，树立了信心，又努力地接着练了下去。

一年之后，女孩仍然没有被选上，她实在没有信心再练下去了。她为自己在足球道路上黯淡的前程感到迷茫，就有了离开体校的打算。

这天，她没有参加训练，而是告诉教练说："看来我不适合踢足球了，我想读书，想考大学。"教练见女孩去意已决，默默地看着她，什么也没说。然而，第二天女孩却收到了职业队的录取通知书。她激动不

已，立马前去报了到。其实，她骨子里还是喜欢踢足球的。

女孩这次很高兴地跑去找教练了，她发现教练的眼中同她一样闪烁着喜悦的光芒。教练语重心长地说："孩子，以前我总说下一次就是你，其实我是不想打击你，才不说你的球艺还不够精湛，我是希望你一直努力下去啊！"女孩一下子什么都明白了。

在职业队受到良好的系统实战训练后，女孩充满信心，她很快便脱颖而出。她就是获得"20世纪世界最佳女子足球运动员"称号的中国球星孙雯。

写作技巧 / Writing Skill

线索明确，主题突出："下一次就是你"是文章的精华，它浓缩了教练的期待与祝愿，让孙雯看到了希望，一次又一次选择了坚持，最终实现了自己的梦想，也告诉了我们坚持不懈的重要性。

爱的箴言 / Loving Speaking

没有人能独自成功，学生的成才更是离不开老师的辛勤培育。正是因为有了老师的严格要求，我们才改正了自己的不足；正是因为有了老师的安慰和鼓励，我们才鼓足勇气，勇敢地坚持下去；正是有了老师的付出，我们才一次次抓住成功的手。

像水一样流淌

文/张建伟

人有的时候应该像水一样前进——如果前面是座山，就绕过去；
如果前面是张网，就渗过去；如果前面是道闸门，就停下来，等待时机。

从小，他就有从大学中文系到职业作家的绚丽规划。然而，命运和他开了一个玩笑。

1955年，他的哥哥要考师范了，但是，父亲靠卖树的微薄收入根本无法供兄弟俩一起读书，父亲只好让年幼的他先休学一年，让哥哥考上师范后他再去读书。看着一向坚强、不向子女哭穷的父亲如此说，他立刻决定休学一年。不过，就是这停滞的一年，让他和哥哥的命运从此天上地下。

1962年，他20岁时高中毕业。"大跃进"造成的饥荒和经济严重困难迫使高等学校大大减少了招生名额。1961年，他就读的这所学校有50％的学生考取了大学。然而仅一年之隔，同一学校考上大学的人数却成了个位数，他也落榜了。

高考结束后，他经历了青春岁月中最痛苦的两个月，几十个日夜的惶恐、紧张等来的却是一个不被录取的结果，所有的理想、前途和未来在瞬间崩塌。他只盯着头顶的那一小块天空，空中飘来一片乌云，他的世界便黯淡了。他不知所措，六神无主，记不清多少个深夜从用烂木头搭成的床上惊叫着跌到床下。

沉默寡言的父亲开始担心儿子："考不上大学，再弄个精神病怎么办？"于是就问他："你知道水是怎么流出大山的吗？"他茫然地摇摇头。父亲缓缓说道："水遇到大山，碰撞一次后，不能把它冲垮，不能越过它，就学会转弯，绕道而行，借势取径。记住，困难的旁边就是出路，是机遇，是希望！"父亲又说："即便遇见了深潭，即便暂时遇到了困境，只要我们不忘流淌，不断积蓄活水，不断向前奔流，就一定能够找到出口，柳暗花明。"

一语惊醒梦中人。

1962年，他在西安郊区毛西公社的村小学任教；1964年，他在西安郊区毛西公社农业中学任教。后来，又历任文化馆副馆长、馆长。1982年，他终于"流"出大山，进入陕西省作家协会工作。1992年，正是这40年农村生活的积累，使他写出了大气磅礴、颇具史诗风格的《白鹿原》。

他就是著名作家陈忠实。

后来有人问他："怎样面对困难与挫折？"老先生总是淡淡地说："像水一样流淌。"

写作技巧 / Writing Skill

结尾点明文章主旨：文章讲述了一个如何摆脱逆境、走向成功的故事，结尾处用一句含蓄隽永的话——"像水一样流淌"点明文章主旨，更显耐人寻味，发人深省。

爱的箴言 / Loving Speaking

像水一样流淌，这是岁月积淀的智慧。遇见困难，努力了，无法消灭它，不如像流水一样，在大山旁边寻找较低处突围，依山而行，借势取径。只要我们不忘努力，不断奔突，也一样能够走出困境，到达远方，实现梦想。

谢了，朋友

文/程静媛

纵是萍水相逢，仍然待之以关爱。
与生俱来的东西并不只有孤独，还有人情的温馨。

22 岁那年，我带着对人性的悲悯，对自己的悲悯，茫然上路了。

过了黄河，穿越中原，又在烟雨迷蒙中游了西湖。西湖很美，从细雨中透出清丽、高雅的忧伤。我站在堤上，久久不能逃脱这种情调。

我披着一头黑发，脸色苍白，离满湖的欢笑非常遥远。他走过来，看着我，带来一阵缓缓的湖风，同时对我的沉默做出宽容的浅笑。我依然对周遭活动的人们感到麻木，不打算跳出固有的情绪。

"其实，跳下去也不一定舒服。"他说。我转过头看了一眼，仍不想理会，只是心里很狂傲地笑了一下，我才不会犯傻呢！

"你跳下去，我还得救你，太戏剧化了。"他嬉笑着穷追不舍。我不得不认真地看看他了，一个不修边幅、脸色和我同样苍白的年轻人，不远处，摆着一副相当破旧的画架。

　　我勉强笑笑，问了句："画什么？"

　　他耸耸肩："三年了，我站在这儿感慨万端，却没画出像样的东西。"听得出很深的自嘲。

　　"你想找什么？"

　　"不知道，所以注意到你。"

　　"怕我跳下去？"

　　"怕破坏了一幅有灵气的画。"

　　我感谢他的赞赏，笑笑说："谢谢！"说得很由衷。

　　"也许你点化了我。"

　　我不理解地看看他。

　　"人才是这个生存空间真正的生灵，其实，你第一次转过头来时，我已经知道你'水性'很好，不会被'淹'的。"

"人们的相互关注并不值得庆幸。"

"你很孤独？"他关切地看着我。

"孤独与生俱来。"

"可与生俱来的东西并不只有孤独。"

"我习惯了，或者说喜欢。"

"你可以喜欢，但不要习惯。"

我觉得他正一点一点地打倒我的孤傲，很想快点躲开，却又扔出一句："你呢，是喜欢还是习惯了感慨万端？"

"我很空虚，世间万物没有属于我的东西。"他坦诚的语言射出一种逼人的沉闷。

唯剩沉默。

等他画完一张速写递给我，我大大地惊诧于他的画笔的穿透力：画上的女孩孤傲、忧伤而又飘逸得让人不可捉摸。

小心防守的堡垒突然被冲击，很是恐慌，我匆匆地就要告辞。他在那

张速写上草草地写了几笔，折了两折给我，像阳光一样灿烂地笑了笑。

我就这样告别西湖，坐上了南下的火车。如画的杭州真的远去了，我才打开那张速写。画面边上写着：感到寒冷时，请来！

我骤然感到浓浓的暖意，又想起他说的："与生俱来的东西并不只有孤独。"

我知道了还有人情的温馨。

谢了，朋友！ 🔴

写作技巧 / Writing Skill

精彩的对话描写，推动情节发展：年轻画家和女孩之间的对话每一句都很简短，但就是这一句句简短而又紧凑的话语让画家完成了对女孩的点悟，令她迷途知返。女孩的心情由阴转晴，情节也在对话中不断发展。

爱的箴言 / Loving Speaking

一时遭遇挫折便认为这世界没有可爱之处，对人生不再抱希望，其实这只是忧郁的阴云暂时蒙蔽了你原本晴朗的心空。任何时候，任何处境都不要对生活失去信心。要知道，有很多人在关心着你，他们包括你的家人、你的朋友，甚至是陌生人，你并没有被这个世界抛弃。只要留心观察，你就会发现，人与人之间并不缺少爱。

信

文/ [美]福斯特·弗柯洛

写一封信也许只需要一个小时、几十分钟，
生死离别的遗憾却是用一辈子也无法弥补的。

他 一定聚精会神地在读着什么——因为我不得不敲了敲他汽车的挡风玻璃以引起他的注意。

"能上您的出租车吗？"我问道。他点了点头。

当我在后座坐定时，他表示了歉意："真对不住，先生，我正在读一封信！"他的嗓音听起来像是患了感冒。

"家书抵万金嘛。"我说。估计他年龄在60～65岁光景，我猜测道："信是您的孩子——或者孙儿写来的吧？"

"不是家信，但我们犹如一家人。"司机回答道，"艾特是我最老的

老朋友了，以前我们一直一见面就以'老伙计'相称。我们从小就是好朋友。在学校里，我俩一直读一个班。"

"友谊地久天长，可真难得啊！"我感叹道。

"不过最近这25年中，我们其实会面仅一两次，因为我搬了家，接着似乎断了联系。"他继续说着，"他两星期前去世了。"

"真遗憾！"我说，"失去这么一个老朋友真够伤心的。"

当他再次开口时，他几乎不是对我讲而是在自言自语："真后悔没给他写信！"说完，他把信递给我，"请看吧！"

信是用铅笔写的，开头的称呼是"老伙计"，信上提到他常常想起他们以前在一起的美好时光，字里行间透露出一些与这位司机有关联的事情，如年轻时开的玩笑以及对过去岁月的可爱追忆等。

"这一句写得好，"我说，"'你多年的友谊对我来说那样重要，但我笨嘴拙舌简直无从表达。'"我发觉自己不知不觉地在颔首称道，"这种解释定会使你感到欣慰，是吗？"

司机说了一些我听不懂的话。我说："但愿我也能收到一封与此信相同的来自老朋友的信。"

目的地就要到了，因而我只得匆匆扫向信的最后一段："我想你得知我正想念着你时一定很高兴。"最后的签名是："你的老朋友汤姆。"这个签名令我困惑不解。"我认为您那朋友叫艾特，"我问，"为何他最后签上了'汤姆'？"

"这信不是艾特给我的，"他解释说，"我是汤姆，这是我在得悉他逝世前给他写的信，我一直没将信邮走……我本该早点写给他。"

当我步入旅馆后，我没有马上打开行李。我想，我得首先写封信，并且必须寄走。🔳

写作技巧 / Writing Skill

结尾出人意料，情节设计巧妙：读者肯定也像文中的"我"一样，以为信是艾特写给出租车司机汤姆的，不料文章篇末却指出，这其实是汤姆没来得及而且再也没有机会寄出的一封信，汤姆的懊悔在情理之中，令人心生感慨。

爱的箴言 / Loving Speaking

繁重的学业、忙碌的生活让人忙得晕头转向，不知今夕是何年。想一想，已经有多久没和身在他乡的好朋友联络了？他最近还好吗？暂时放下手中所忙的事情吧，写一封信，打一个电话，或是发一条短信，让久违的问候响起，让友情的暖流传递。

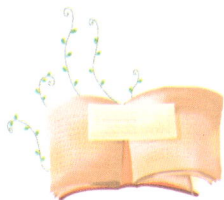

学生得救，女儿永失

文/张雅静

地震发生的时刻，他的机智勇敢使班上的59名学生安全脱险，
但自己的女儿却永远回不来了。

2008年5月12日，汶川大地震发生的那一刻，他正带领班上59名学生在县委礼堂参加"五四"青年庆祝会。礼堂突然间晃动起来，而且越晃越厉害。经验丰富的他马上意识到发生了地震。见县委礼堂的椅子离地较高，他马上招呼学生立即就地蹲进结实的铁椅子下面，千万不要乱动。幸运的是礼堂只发生了部分坍塌，但沉重坚硬的横梁和砖头、水泥还是雨点般向下砸，学生们躲在椅子下面，牢固结实的铁椅子起到了非常关键的保护作用。

几分钟之后，屋顶坍塌的重物终于停止向下砸。地震暂时过去了。

就这样，59名学生奇迹般得救了，但他在救援学生时，双手被坚硬的水泥碎块划得鲜血淋漓。

当他和学生们跑出县委礼堂时，发现整座县城几乎被夷为平地，往日的高楼现在成了一个巨大的水泥瓦砾垃圾场。到处是呻吟的声音，满目是被砸倒在地的人群。"学校肯定也出事了。"想到这里，他赶紧往学校方向跑去。

跑回学校时，他惊呆了。两座教学楼垮塌，其中一座被地震完全"粉碎"。后来他才得知，被压在废墟下面的学生有1000名左右。

他的宝贝女儿也在这所学校念书，当时也被压在废墟下面。据同样困在里面的同学喊话，女儿还活着，只是脚受了伤。

幸存下来的教职员工马上投入到紧张的救援工作之中。他在抢救其他学生的同时，每次经过女儿被困的废墟时，都会感觉一阵阵巨大的心痛袭来。女儿被压在巨大的水泥板下面，由于缺乏大型吊车机械，暂时还无法救援。

由于两天来余震不断，女儿被困的空间已经被新塌下来的东西挤占，可爱的女儿永远回不来了。

5月14日7时30分，这是令他永远悲恸的时刻：当女儿的遗体终于从水

泥断块下被"掏"出来时，这个外表粗犷的坚强汉子，在目睹女儿遗体的一刹那，突然情绪失控，放声大哭。悲怆之情，令周围人潸然泪下。

他，就是北川县第一中学初一(六)班的班主任刘宁，一个救出自己的学生却永远失去女儿的教师。

写作技巧 / Writing Skill

巧设伏笔，激发阅读兴趣：文章从开篇直至倒数第二段始终在叙述"他"的故事，"他"到底是谁却一直隐而不提，这样的写法能激起读者的阅读兴趣，吸引着读者追寻答案。

爱的箴言 / Loving Speaking

在大难来临之际，他用冷静和机智挽救了59条鲜活的生命；灾难发生后，在争分夺秒的救援过程中，他一心救助他人，自己的女儿却不幸遇难。他的智慧与无私付出，理应赢得我们的尊重。

爷爷，我欠您一个拥抱

文/张妍

因为那种令人窒息的味道，我欠爷爷一个拥抱。

而爷爷对我的恩情，我将永远记住。

自从有记忆起，我就常躲着爷爷。爷爷常来我家，每次他看到我时总是伸出双手想来抱我，而每每这时我就像老鼠见到猫似的逃开。可能是我讨厌爷爷身上带有的那种令我窒息的味道吧！就连吃饭时我都不敢挨着爷爷坐，生怕发生意外（拥抱）。而每当这时爷爷的眼神都很奇怪，他直直地盯着我。过了一会儿，他勉强地朝我笑，接着往嘴里送饭。

我就在这样躲着爷爷的日子里长大了。长大懂事的我开始关心家中的变化：爸爸、妈妈这几年的工作一直不很顺利，面对我小学的学费他们真是无可奈何。"1800块，只能去借了！" 爸爸说。我默然了，自已也很矛盾，真不知道我能怎么做。"不读"，不可能，我还想上学；"读"，怎么拿出那笔巨款？

就在我们已别无办法只能去借的时候，爷爷出现在我家。那天傍晚天下着雨，只听见有人敲门。爸爸去开门了，只见爷爷全身淋得湿漉漉的，一进门就掏出个布袋。"给，你们急需的。"爷爷笑着对我们说。"什么？"我问道。"钱啊，还不快接住！"爸爸像活鱼得水一样高兴地推我。

我双手捧起这沉甸甸的宝物，这可是爷爷多少年来辛辛苦苦积攒起来的全部家产啊！

"爷爷，您是我的救星。"我第一次在内心里感到爷爷的可贵。

那天晚上爷爷在我家住下了，我晚上偷偷地走向他房中，只见他沉睡的脸上还挂着笑意。然而我却在那个夜晚哭了一夜。

考上大学是爷爷对我的希望，也是我自己要做的。经过高中的几年学习我考上了大学，爷爷高兴极了。

假期，爸爸说带我去乡村看爷爷，经过几站的周折后我们在一个小站下了车。我随着爸爸来到一块很大的草地上。这时天已经暗下来了，透过黄昏的微光，我看见爷爷正被一大群牛包围着。"你们怎么来了？"爷爷有些意外地说。我没有回答也没有听爸爸回答，我只注意到爷爷全身都是黄泥和水，就连脸上也有泥水。

"爷爷，我……"我边说边靠近他。可还没等我说完，爷爷就后退几步说："我脏，不要靠着我。"

天越来越暗，像要下雨。"你们先回去，我把牛放好就来。"只见爷爷边跑边说，那声音随着风声一阵阵传入我耳中。

我和爸爸在爷爷家中坐到7点爷爷才回来。吃完饭后，爸爸说："爸，我们家不是两头牛吗，你怎么今天放几十头牛呢？"

"替别人放，现在有些人不愿放牛，他们都有别的事要干。而我放两头牛是放，放30头牛也同样是放嘛！一头牛放一天5毛，30头牛一天下来就15块呢。"爷爷越说越高兴。"现在你们要用钱，我能帮着点就帮点。这样一来，我孙女就可以安心读书了。"

"爸，太辛苦您了，我真对不住您啊！"爸爸眼泪都快流出来了。

我眼含热泪，心里默念道：爷爷，我真想抱一抱您，抱一抱您那虽瘦小但温暖的身体。

爷爷，您是我生命中的奇迹，我将永远记住您。我多么希望您再能伸出双手拥抱我一下啊！但是您至今都没有。

在我所走过的人生道路中，我欠下了一生都无法还清的一笔债——拥抱。这笔债务将激励我在今后的人生道路上，要加倍珍惜得到的一切和他人付出的一切。

写作技巧 / Writing Skill

　　感人的细节描写，生动地刻画了人物形象：第一段写"我"拒绝了爷爷的拥抱，爷爷奇怪地盯着"我"，勉强地笑了；后来"我"主动接近爷爷，爷爷却后退了……传神的细节描写反映了爷爷对"我"深沉的爱，确是神来之笔。

爱的箴言 / Loving Speaking

　　在千万种爱里，爷爷、奶奶给予我们的爱是最深沉、最无私的。他们虽然已经是风烛残年，但为了生活，为了孙辈的成长，依然辛苦地劳作着。他们都是最可爱的人，我们都应加倍珍惜他们的恩情，并且尊敬、孝敬他们。

一点勇气

文/邹晓霞

在通向成功、走向幸福的道路上，没有任何人可以阻拦你。
你所需要的或许只是一点自信和勇气。

美国南北战争结束后，一位叫马维尔的法国记者在一次盛大的国家政要集会上采访林肯。

马维尔问："总统先生，据我所知，上两届总统都想过废除黑奴制度，《解放黑人奴隶宣言》也早在他们那个时期就已经草拟出来了，可是不知为什么，他们都没拿起笔签署它。请问总统先生，他们是不是想把这一伟业留下来，给您去成就英名呢？"

面对这样的提问，林肯笑了笑，回答道："可能有这个意思吧。不过，如果他们知道拿起笔需要的仅仅是一点勇气，我想他们一定非常懊丧。"

马维尔还没来得及问下去，林肯的马车就出发了，他一直都没弄明白林肯这句话的含意。

林肯去世50年后，马维尔才在林肯致朋友的一封信中找到答案。林肯在这封信中谈到幼年时的一段经历：

"我父亲在西雅图有一处农场，里面有许多石头。正因如此，父亲才得以用较低的价格买下它。

"有一天，母亲建议把里面的石头搬走。父亲说，如果可以搬走的话，主人就不会卖给我们了，它们是一座座小山头，都与大山连着。

"有一年，父亲去城里买马，母亲带我们在农场里劳动。母亲说让我们把这些碍事的东西搬走，于是我们开始挖农场上的那一块块石头。不长时间，就把它们给弄走了，因为它们并不是父亲想象的与大山连着

的山头，而是一块块孤零零的石块，只要往下挖一英尺，就可以把它们晃动、搬走。"

林肯在信的末尾还说："有些事情，一些人之所以不去做，只是因为他们认为不可能。其实，有许多不可能，只存在于人的想象之中。"

读到这封信的时候，马维尔已是76岁的老人，就是在这一年，他正式下决心学汉语。据说三年后的1917年，他在广州旅行采访，就是以流利的汉语与孙中山对话的。

写作技巧 / Writing Skill

小故事的巧妙衔接使文章一气呵成：采访时，林肯的回答为马维尔留下的疑问，通过信中的故事得到了解答。信中的故事又促使马维尔成就汉语学习上的奇迹。整篇文章环环相扣，一气呵成。

爱的箴言 / Loving Speaking

很多人在面对困难时，都会有些胆怯，并乐于为自己的胆怯找些冠冕堂皇的理由。事实上，这是一种不自信的心理在作祟。"世上无难事，只怕有心人。"真正的敌人，永远都是自己。只要你将心中不自信的顽石搬走，树立起自信，鼓起勇气，没有什么事情可以难倒你。

一个低智商的孩子

文/ [美]F. 奥斯勒

成功的路有许多条，不用强去步人后尘，
懂得发现自己的特长并很好地利用，这才是人生最关键的一步。

有些人总是过分重视智力测验，过于相信所谓"智商"，这不能不说是一大弊端。人的美好特质是多种多样的，怎能以一份智力测验定夺？尽管你在一次又一次的智力竞赛中名落孙山，但在某一方面，你也许可以发挥你独有的、奇迹般的创造，使生活充满无尽的乐趣。

加拿大少年琼尼·马汶的爸爸是木匠，妈妈是家庭主妇。这对夫妇节衣缩食，一点一点地在存钱，因为他们准备送儿子上大学。

马汶读高二时，一天，学校聘请的一位心理学家把这个16岁的少年叫到办公室，对他说："琼尼，我看过了你各学科的成绩和各项体格检查，对于你各方面的情况我都仔细研究过了。"

"我一直很用功的。"马汶插嘴道。

"问题就在这里，"心理学家说，"你一直很用功，但进步不大。高中的课程看来你有点力不从心，再学下去，恐怕你就浪费时间了。"

孩子用双手捂住了脸："那样我爸爸妈妈会难过的。他们一直巴望我上大学。"心理学家用一只手抚摸着孩子的肩膀。"人们的才能各种各样，琼尼，"心理学家说，"工程师不识简谱，或者画家背不全九九表，这都是可能的。但每个人都有特长——你也不例外。终有一天，你会发现自己的特长。到那时，你就叫你爸爸妈妈骄傲了。"

马汶从此再没去上学。他替人整建园圃，修剪花草。不久，雇主们开始注意到这小伙子的手艺，他们称他为"绿拇指"——因为凡经他修剪的花草无不出奇的繁茂美丽。他常常替人出主意，帮助人们把门前那点有限的空隙因地制宜地精心装点；他对颜色的搭配更是行家，经他布设的花圃无不令人赏心悦目。

也许这就是机遇或机缘：一天，他凑巧进城，又凑巧来到市政厅后

面，更凑巧的是一位市政参议员就在他眼前不远处。马汶注意到有一块污泥浊水、满是垃圾的场地，便上前向参议员鲁莽地问道："先生，你是否能答应我把这个垃圾场改为花园？"

"市政厅缺这笔钱。"参议员说。

"我不要钱，"马汶说，"只消允许我办就行。"

参议员大为惊异，他从政以来，还不曾碰到过哪个人办事不要钱呢！他把这孩子带进了办公室。

马汶步出市政厅大门时，满面春风。他有权清理这块被长期搁置的垃圾场地了。

当天下午，他拿了几样工具，带上种子、肥料来到目的地。一位热心的朋友给他送来一些树苗，一些相熟的雇主请他到自己的花圃用玫瑰插枝，有的则提供篱笆用料。消息传到本城一家最大的家具厂，厂主立刻表示要免费承做公园里的条椅。

不久，这块泥泞的污秽场地就变成了一个美丽的公园，绿茸茸的草坪，幽幽的小径，人们在条椅上坐下来还能听到鸟儿在唱歌——因为马汶也没有忘记给它们安家。全城的人都在谈论，说一个年轻人办了一件了不起的事。这个小小的公园又是一个生动的展览橱窗，人们凭它看到了琼尼·马汶的才干，一致公认他是一个天生的风景园艺家。

这已经是25年前的事了。如今的琼尼·马汶已经是全国知名的风景园艺家。

不错，马汶至今没学会说法语，也不懂拉丁文，微积分对他更是个未知数，但色彩和园艺是他的特长。他使渐已年迈的双亲感到了骄傲，这不光是因为他在事业上取得的成就，而且因为他能把人们的住处弄得无比舒适、漂亮——他工作到哪里，就把美带到哪里！

写作技巧 / Writing Skill

开篇点明主旨，引起下文：文章开篇便指出智商不等于能力，也不决定一切；接着以琼尼·马汶的成功有力地证明了这一点，告诉人们不要过分相信智商的高低，而要注重挖掘一个人的特长。

爱的箴言 / Loving Speaking

有句话说，上帝为你关上一扇门，一定会为你打开一扇窗。你的智力可能不如别人，但在某些方面，你一定有你的过人之处。只要能找准自己的位置，发挥出自己的优势，你一定会创造出属于你自己的辉煌。

一个山村教师的欠债

文/谢胜瑜

40多笔欠债，每一笔，都无关他自己；
每一笔，他最终都已还清。他是清贫的，但他却比银行还富有。

我的朋友是一位乡村老师，他清贫、平淡，在一般人来看，甚至可以称得上无所作为，可是，他却深得人们的尊敬。有一次，我无意中翻看了他的旧账本，旧账本里记录着他的40多笔欠债。令我诧异的是，这40多笔欠债，每一笔，数目或多或少，都无关他自己；每一笔，时间或长或短，他最终都已还清……

1990年3月2日，向村信用社借耕牛贷款200元。

事由：学生李丙生摔跤，左脚骨折，送进乡医院后，家里拿不出钱交住院押金，而我手头也拿不出钱，但作为班主任，我不能眼看着不管，只好找村信用社的铁哥们仁华帮忙。"耕牛贷款"是仁华兄给我出的点子，这样利息低些，他是真心帮我。

备忘：我从每月96元的工资里扣出20元，这笔钱已于1991年还清，我还给仁华兄买了一瓶"二锅头"酒表示感谢。

1990年4月7日，借学校公款80元。

事由：听说竹笋可以在山外卖好价钱，我决定带领学生去挖竹笋，好积攒点班费。两天时间，我们班挖了四大麻袋竹笋，估计可以卖三四百块。我一个人背不完，又不想耽误学生功课，便请了三轮车，付车资60元，其余20元做路上伙食和回程路费。到城里后，竹笋被没收，没挣到钱，还贴进80元，我跟学校说这笔钱应该由我赔。

备忘：欠款在5月和6月分两次扣清。

1990年9月14日，向同事李进化借款900元。

事由：上级要求清理学生学费欠款，从我毕业分到这所学校的两年里，由我担保的学生总共有885元学费没有交清。

备忘：这笔钱于1994年1月总算还清了，其中108元是两个困难

学生家长坚持要还给我的。

1990年11月20日，到县里银行贷款400元。

事由：学校的围墙倒了，学校无钱重砌，校长到乡里要钱又没要到。就因为这，学校的一名女生差点就被一名"烂仔"猥亵。这太可怕了，我就是自己掏钱，也不能让那些"人渣子"长驱直入。

备忘：这笔钱是我1992年6月结婚后，老丈人帮我还清的。工作了几年居然存不下几百元钱，说出去真的很没面子。

…………

其实，他那时真是错了。因为，他没有听到一句话，而我却碰巧在场："我女婿是个老师，他欠银行的，可他自己也是一个银行，因为，许多人都欠他的。与银行不同的是，他在借出的时候绝对没有想到别人会不会归还。"

写作技巧 / Writing Skill

列举法的运用突出了男主人公的形象：文章节选了一位乡村教师的几笔欠债及事由，用事实说话，用这些平凡而伟大的事迹来塑造他的光辉形象。

爱的箴言 / Loving Speaking

山村教师是一个特殊的群体，他们扎根偏远山村，辛勤耕耘，无私奉献，为孩子搭起一座求学之桥。他们感动了学生，感动了家长，也感动了我们。

一罐果酱

文/ [美]埃德加·布莱索

一罐果酱，就是一种"力量"的象征。

一个人只要还有力量帮助别人，他就是富有的。

记得有一年，我丢掉了工作。而在那之前，父亲所在的工厂也倒闭了。我们全家就只能依靠妈妈为别人做衣服的收入生活，日子的艰难可想而知。

一天，妹妹放学回家，兴冲冲地对妈妈说："我们明天要带些东西到学校去，捐给穷人，帮他们渡过难关。"妈妈则脱口而出："我可不知道还有比我们更穷的人！"当时外婆正和我们住在一起，她赶紧拉住妈妈的手臂，皱了皱眉头，示意她不要这样讲话。

"伊瓦，"外婆说道，"如果你让孩子从小就把自己当成一个'穷人'的话，那她一辈子都会是个'穷人'了。她会永远等待别人的帮助，这样的人怎么能振作起来，从而当上'富人'呢？咱们不是还有一罐自制的果酱吗？让她拿去。一个人只要还有力量帮助别人，他就是富有的。"外婆不知从哪里找来一张软纸和一段粉红色的丝带，把我家那最后一罐果酱精心包好，递给妹妹。第二天，妹妹欢喜而自豪地带着礼物去帮助"穷人"了。

直到现在，拥有三家酒店的妹妹仍然记着那罐果酱。无论是在公司里还是在社区里，一看到有人需要帮助，妹妹总认为自己应该是一个"送果酱"的人。🔖

写作技巧 / Writing Skill

含意深长的结尾，给读者留下永久的回味：结尾说，妹妹长大后，还总认为自己是一个"送果酱"的人。也就是说，"送果酱"不只是一时的助人义举，而且影响了妹妹的一生。这样的结尾余韵悠长，绕梁三日。

爱的箴言 / Loving Speaking

长辈们给予我们的，除了爱，还有许多智慧。这些智慧，是他们人生经验的结晶。那些朴素而富有哲理的话，将引领我们的人生航向。终有一天，他们的身体会离我们而去，但留下的爱与智慧将一代代地传下去。

一双张开的"翅膀"

文/肖琭珺

他用自己的生命，诠释了什么是为人之师；
他在废墟中的造型，树立了一座不朽的丰碑。

当搜救人员从废墟中搬走压在谭千秋身上的最后一块水泥板时，所有抢险人员都被震撼、落泪——他双臂张开着趴在课桌上，如同一只护卫小鸡的母鸡，身下死死地护着四个学生，四个学生都还活着！

谭千秋是四川省德阳市东汽中学的的教导主任，兼高二和高三年级的政治课老师。2008年5月12日下午2点多钟，谭老师在教室上课，正讲得起劲时，突然间地动山摇。是地震！谭老师立即喊道："地震了！大家快跑，快……"同学们迅速冲出教室，往操场上跑。房子摇晃得越来越厉害了，还有最后四位同学没办法冲出去了，"快到老师这里来！"

谭老师当机立断，将他们拉到课桌底下，然后自己弓起身子，双手支撑在课桌上，用自己的身体盖住了四个学生。冰雹般的砖块、水泥块重重地砸在他的身上，灰尘纷纷掉落到他的头上，教室塌陷了……

13日22时12分，谭老师终于被找到。"谭老师誓死护卫学生的形象，是我这一生永远忘不掉的。"第一个发现谭老师的救援人员眼含热泪说。"地震时，眼看教室要倒，谭老师飞身扑到了我们的身上。"获救的学生回忆。

妻子张关蓉在次日清早见到了自己的丈夫。她拉起丈夫僵硬的手臂，轻揉着丈夫带血的手指，失声痛哭……这双手臂再也不能为她擦去脸上的泪水，再也不能给她栖息的港湾，但就是这双曾传播无数知识的手臂，就是这双为了避免孩子在校园摔倒而捡起每一块小石头的手臂，在地震发生的一瞬间从死神手中夺回了四个年轻的生命，累累伤痕清晰地记录下了这一切！

5月17日，张关蓉带着丈夫的遗物回到丈夫的故乡湖南省祁东县步云桥镇岩前村。花圈雪白，哀乐低回；乡亲们泪流满面，声音哽咽。一些中学生拿着自己折的千纸鹤，站立在英雄回家必经的路旁，为英雄默默祈祷。

为了四个学生的生命，谭千秋老师义无反顾地献出了自己的生命。他张开双臂，守护着他的学生；他用爱和责任，铸就了不朽的师魂。🔲

写作技巧 / Writing Skill

正面、侧面描写相结合，多角度塑造人物：对于谭千秋老师，文章除采用正面描写——地震后谭老师被定格的造型，还采用了侧面描写——第一个救援者对谭老师的评价、获救学生对谭老师的描述。多角度的描写充分塑造了谭老师为了学生舍身忘己的光辉形象。

爱的箴言 / Loving Speaking

在灾难突然降临时，可敬的老师用生命做支撑，为学生撑起一扇生命之门，他的义无反顾，他的舍身忘己，令人动容。大爱无声，铸就师魂，斯人已逝，精神永存。

一碗馄饨

文/周长海

有时候，我们会对别人给予的小恩小惠"感激不尽"，
却对亲人一辈子的恩情"视而不见"。

那天，她跟妈妈又吵架了，一气之下，她转身向外跑去。

她走了很长时间，看到前面有个面摊，这才感觉到肚子饿了。可是，她摸遍了身上的口袋，连一个硬币都没有。面摊的主人是一个看上去很和蔼的老婆婆，她看到女孩站在那里，就问："孩子，你是不是要吃面？""可是，可是我忘了带钱。"她有些不好意思地回答。"没关系，我请你吃。"老婆婆端来一碗馄饨和一碟小菜。她满怀感激，刚吃了几口，眼泪忽然就掉下来，纷纷落在碗里。"你怎么了？"老婆婆关切地问。她忙擦着泪水，说："我们又不认识，而你就对我这么好，

愿意煮馄饨给我吃。可是我妈妈，我跟她吵架，她竟然把我赶出来，还叫我不要再回去！"老婆婆听了，平静地说："孩子，你怎么这样想呢？你想想看，我只不过煮了一碗馄饨给你吃，你就这么感激我，那你的妈妈煮了十多年的饭给你吃，你怎么不感激她呢？你怎么还要跟她吵架？"女孩愣住了！她匆匆吃完馄饨，开始往家里走去。

当她走到家附近时，一下就看到疲惫不堪的母亲，正在路口张望……这时，她的眼泪又开始掉了下来！ 阁

写作技巧 / Writing Skill

精彩的细节描写，反映出深刻的主题：作者细致刻画了女孩两次落泪的情景，一个是为他人的小恩小惠，一个是为母亲的养育大恩。两处精彩的细节好像一个双面镜，从不同层面烘托了主题——母爱的伟大。

爱的箴言 / Loving Speaking

母爱，因为是无形的，所以常被我们忽视；母爱，因为太深沉，所以有时不被我们领悟。然而请记住，母爱永远是最无私的。当我们每一次感激陌生人的点滴付出的时候，一定不要忘记，我们最应该感激的，也是对我们付出最多的，永远只有父母。

又见橄榄时

文/ [荷兰]林湄

青青的鲜橄榄勾起了我儿时的记忆，
六伯、六嫂为我们制作的蜜饯橄榄仿佛含着人生百味……

又到秋风秋雨时，此景此情，不禁令我沉思冥想，触物感旧。

漫步于秋凉兮兮的都市，满目琳琅，洋货多于土货，人造品多过天然物，难得见到田园式的清新和超然、"秋水共长天一色"的壮景，因此觉得有所失落，有所不足……

黄昏，无意间，在寂寞的一角，见到令我驻足的青青的鲜橄榄。

又见橄榄，又见橄榄!

往时，当我品尝之时，感到心神浪漫，啜那苦涩、清甜之味，如同领略人生的一首哲理诗——苦尽甘来，苦尽甘来。这咀嚼，这遐想，伴我走过生命的悠悠长路，使我不论面临险境、艰难还是绝望……仍能披荆斩棘，对美好、光明的前程不懈地追求和憧憬……

而今，这万物丛中的一堆青青橄榄，不仅令我口里生津，也牵动我幽幽的乡愁，使我在繁嚣之世，如同回到那静谧恬美的乡间。

记得祖屋的村前屋后，种植了许多龙眼、枇杷、石榴、柚、黄皮、荔枝树。古屋的石灰院右面，有一棵粗大而茂盛的橄榄树。向上的树枝，疏密有致的叶子，形同天然的大伞。不论是炎炎白天，还是溶溶月夜，树荫下，总有人休憩、下棋、闲聊……或有顽童卷一树叶吹哨，取一长竹竿捣落橄榄，将橄榄用衣襟一擦，丢往嘴里。初时皱眉咧嘴，啧啧叫苦，不一会儿就手拉手围着树干团转，合唱："月光光，照厅堂，厅堂里，望橄榄……"

据说，这棵橄榄树是属于六伯的。他与老妻膝下犹虚，夫妇以制蜜饯橄榄为生。难怪每到晚霞满天的黄昏，那条熟悉而弯曲的小路，常常传来玲玲珑珑的拨浪鼓声，六伯佝着背，挑着一担木桶蹒跚走来。这时，孩子们一听见拨浪鼓声便蜂拥而至，围着木桶上面木盆内的蜜饯：有晶晶青色、墨墨黑色、灿

灿金色、淡淡褐色，味道有咸的、甜的、酸的、又酸又甜的，还有一种外粘细盐的橄榄，含在嘴里能镇咳。孩子们只要掏出1分钱，可买两粒蜜饯，没钱的，可以拿家里的空瓶、空铁罐来换取（换多少是根据瓶罐重量而定）。

我儿时最喜欢那又酸又甜的蜜饯橄榄，几乎是每次见到必买，然后常常是边咀嚼边责怪自己贪吃。因我亲眼看见六伯、六嫂将一筐筐洗过的青橄榄倒入石臼，然后穿上稻草编制的草鞋在石臼中踩踏。六伯弯着腰，甩动着双臂，原地不停地踏步，我常常担心他摔倒，但他总那么从容、自在，不时抹去额上的汗水。六伯告诉我，等果肉松脆，才往臼内加盐、糖、香料等。我和小朋友站在一边，嘘嘘地说："用脚踩，脏死了，以后别买呀。"这话不知说了多少遍，但还是照买照吃。直到长大后，才知道六伯的草鞋是专门用来踩橄榄的，从不用来走路。

印象最深的是，有一个黄昏，明明光着头，赤着上身，穿着补丁短

裤，站在远处看着我们围在六伯的木桶旁选橄榄。明明用舌头舔着从鼻孔流下的两条清涕，我们笑着用手指在脸上划着羞他。这时，六伯用像树枝般的手从木盆上捡了几粒蜜榄叫我们送给明明吃。不久他又挑起木桶，玲玲珑珑地摇着拨浪鼓而去，后面还跟着一大群孩子，直到小路的尽头……

30多年过去了，六伯、六嫂早已作古。然而，每到秋风起兮，见到街市的橄榄，总有一份说不出的情感，仿佛玲珑拨浪鼓声在耳旁萦绕。回味一番苦涩、清甜之味，目睹异乡秋景秋物，回顾几十年来品尝过人生道路中的苦、辣、酸、甜之后，似乎大彻大悟，面对青青橄榄，缕缕乡思中，又增添了一股淡淡的哀愁。

写作技巧 / Writing Skill

融情于物，以物写人：本文不但有风物之美（橄榄），更有人情之美（六伯对孩子们的爱）。作者由偶然在都市中看到的青橄榄联想到故乡的橄榄以及六伯制作橄榄蜜饯的故事，缕缕情思如工笔画卷般渐次展开，美不胜收。

爱的箴言 / Loving Speaking

人是故乡亲，月是故乡明。故乡，是我们生长的地方；乡亲，是我们的亲人。故乡的草木，总是能牵引我们怀恋的思绪；故乡的亲人，总是能带给我们生活的慰藉。当我们回顾多年来品尝过的人生的苦、辣、酸、甜，大概只有故乡亲人留下的味道最浓郁、悠长。

丈夫的手

文/ [美]巴巴拉

握着丈夫那双温暖如春的大手，
我体验到了它带给我和家人无尽的关怀和爱护。

丈夫保罗的手几乎比我的手大一倍、宽一半。他的手指又长又匀称，没有因年老而变细，10根手指上布满了清晰的血管。他的指甲被剪成方形，指甲的月白和白色边缘修饰得很漂亮。

丈夫的手给人以美好坚定的感觉，从不会让人感到冰冷和潮湿。在他弥留之际，当他用双手握住我的双手时，我闭上眼睛集中精力来体验和记忆这种珍贵的感觉。

我记住了要告诉他：当他握着我的手在电影院和教室里时，我感到这是他那纯洁而真诚的爱的表达。

丈夫用他那粗大而修长的手指给我们初生的女儿洗了第一次澡，也为我们后来的5个孩子洗过澡，还用他的手给我们的3个儿子理过发。

丈夫的手是一位大学教授的手，当他在自己多年前学习过的大学课堂上向学生讲授市场学时，他的双手就会优雅地上下挥动。

丈夫的手不但会制作精美的家具，而且为我们的孩子做过木制的游泳圈。他还用这双手修过我们二手汽车的防护栏，擦过汽车门窗上的锈迹。在28个暑假里，在去宾夕法尼亚州看望孩子们的爷爷、奶奶的途中，丈夫这双手无数次地整理过旅行车顶上的行李。

在他接受放疗的日子里，这双手曾经无数次伸向我。在那最悲伤阴暗的日子里，他小声地对我耳语："我可能活不长了，我怕对你造成伤害。"

周三的清晨，忧心忡忡的我修剪、打磨并染白了他的指甲。当我把

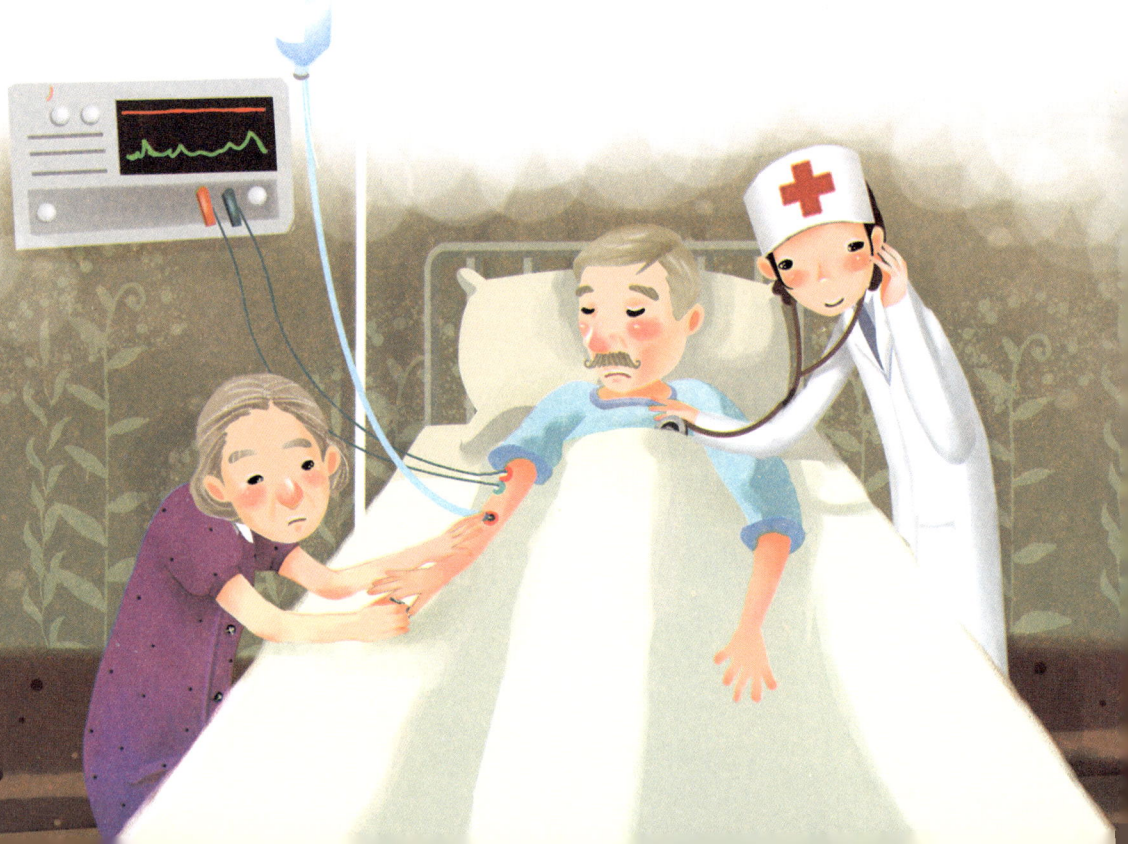

他的双手交叉放在他的胸前时，他一动不动。一个小时后，医院的护士用听诊器为他检查了心脏。然后，留给我做的只是合上他那双炯炯发光的绿色眼睛，并把我的手最后一次放在了他的手上……

在其后的七个半月里，我的悲伤好像封冻的江河，永远也不能融化了。于是在一个星期天，我打开保罗的写字台抽屉，伸手去摸他的那块整洁的手帕——现在我该使用它了。可是，我的手碰到的却是一些打开包的磨砂板。我没有再接着找手帕，而是闭上眼睛，试着回忆与保罗握手的情景。我又想起了那次葬礼。

记得最小的孩子斯戴芬亲吻着向我道别，然后他又激动地用双手握紧了我的手。此时我感到自己的手仿佛又被握在了丈夫那双温暖的大手中……

写作技巧 / Writing Skill

镜头剪接法的巧妙运用："丈夫的手"，带给"我"和家人无微不至的关怀和照顾。作者巧妙运用了镜头剪接法，把"丈夫的手"为"我"和家人所做的桩桩小事——"剪接"起来，从而使丈夫的温情形象活现在读者面前。

爱的箴言 / Loving Speaking

丈夫的手不但给妻子以脉脉温情，也给家人带来了无限爱意。其实时时刻刻对家人负责，时时刻刻为亲人着想，就是对"亲情"内涵的最佳诠释。

摘葡萄的老师

文/ [日本]有岛五郎

难忘童年的那个午后，难忘那串甜甜的葡萄。
教育是心灵的艺术，爱心是教育的灵魂。

小时候，我非常喜欢画画。然而，由于颜料不好，我怎么也画不出满意的图画来。我的同学吉姆有一盒进口的上等颜料，其中的蓝色和胭脂红色美得让人赞叹。唉，我要是能有吉姆那样的颜料多好啊。

那天吃过午饭后，其他孩子都在运动场上嬉戏打闹，只有我一个人坐在教室里。我满脑子都是吉姆的颜料，真希望能得到它们啊！这个念头让我脸发烧，心扑通扑通跳个不停。我猛然站了起来，鬼使神差般地走到吉姆的桌旁，拿出了吉姆的蓝色和胭脂红色颜料，放进了我的衣兜。

上课时，老师讲了什么我一点都不知道。下课铃终于响了，我松了一口气。可就在这时，吉姆和三四个同学向我走来，那两块颜料马上就被他们搜出来了。我羞得无地自容。大家把我拽到班主任的办公室，向她告发了我拿吉姆颜料的事。老师望了望同学们，又瞧了瞧快要哭出来的我，然后问我："这是真的吗？"我终于哭出声来。

老师让其他同学都回去。她久久地不说话，最后才站起来，走过来紧紧搂住我的肩膀，轻声问道："把颜料还回去了吗？"我点了点头。"你觉得自己的所作所为是令人讨厌的吗？"老师心平气和的话让我特别难过，我悔恨地哭个不停。

"别哭了，明白了就好。你在这儿等我上课回来，好吗？"老师拿起书，然后从攀到二楼窗口的葡萄蔓上摘了一串葡萄，放在我的膝上。

放学了，老师回来了，她对我说："回家吧，明天一定要来学校啊，老师看不见你会很伤心的。"

第二天，到了该去上学的时间。我实在不想去学校，同学们会怎样对待我呢？我多么希望我肚子会疼，要么头疼也行啊，可是就是连我经常会疼的那颗牙也不疼了。找不到任何借口，我只好去上学了。

一到学校，吉姆就飞跑过来，握紧我的手，将我领到老师的办公室里。他仿佛忘了昨天发生的事了。老师在门口等着我们。"吉姆，你真是个好孩子，你很理解我的话。"老师又转向我，"吉姆对我说，你不用向他道歉了。你们从现在成为好朋友就行了。好好握握手吧！"

老师看着我们，我害羞地笑起来，吉姆爽朗地笑了，老师也笑了。老师将身子探出窗外，摘了一串葡萄，用剪刀"咔嚓"一声剪成两半，分给吉姆和我。葡萄真甜啊！

从此以后，每逢秋天，葡萄成熟的时候，我总是格外怀念老师，怀念老师那托着葡萄的美丽的手。

写作技巧 / Writing Skill

心理描写、动作描写真实可感：小男孩对颜料的渴望，拿颜料后的恐惧、紧张，以及第二天上学前的忐忑，都通过作者细腻的心理描写、生动的动作描写表现出来，非常符合一个孩子的年龄特点。

爱的箴言 / Loving Speaking

对犯了错误而心有悔意的孩子，老师用亲切的话语和温柔的举动安慰了他，老师的宽容和富有爱心让人敬佩。与他人相处，若能以一颗容人之心来待人，他人定会还之以礼。可以说，学会了宽容，就是学会了做人，学会了处世。

这里永远只有一个失学孩子

文/朱胜

一个孩子的失学换来的是17个孩子的学习机会。
一个沉甸甸的诺言从许下那天起就从未背弃。

夏季开学不久，我作为一家媒体的记者，随市教育局的工作人员到市里最偏远最贫穷的乡镇，采访一个山村小学，据说老师将适龄儿童全部请回了教室。

我们一行人还未走进用树枝围起的学校院子时，一阵琅琅的读书声就传进了耳朵。

接待我们的是一位曾姓校长，也是这所学校唯一的教师，而且是民办教师。曾校长领我们参观了学校的唯一一间教室，教室里有17个孩子，分六个年级，用木板做的六块小黑板挂在墙上。我们知道这个小山村有17个适龄儿童，此时，17个孩子全部坐在了这个简陋的教室里。

就在我们准备退出教室不再打扰孩子们学习时，都被墙上"这里永远只有一个失学孩子"的几个大字所吸引。我们不解，这个小山村不是没有失学孩子吗？

在教室外，曾校长说："七年前，我正在县中学读高三，还有几个月就要高考。这时，村里唯一的一名民办教师弃校经商去了，孩子们面临失学，当村长的爹让我回来代几天的课。这一代，就让我失学了。我写这几个字，就是告诫自己一定要教好山村里的孩子们。"

我们听完其中的缘由后，每个人的眼眶已是潮潮的，大家从心里向这个曾经是失学孩子的老师表达了深深的敬意。

写作技巧 / Writing Skill

出人意料的结局，起到回波逆澜的效果：结局出人意料——学校里没有失学儿童的校长竟然是一个失学孩子，这令读者再度关注这位校长，并为他的无私奉献感动不已。

爱的箴言 / Loving Speaking

老师是默默无闻的奉献者，他们呕心沥血，为我们奉献着光和热。我们对他们怎能不怀有感恩之心？那么怎样去回报老师的恩情呢？对口干舌燥的老师递上一杯水，教师节送上一束鲜花，对满脸疲惫的老师说句"老师，您辛苦了"……

拯救自己的人

文/颜艳群

别人或许能帮助你，但那只是暂时的，
事实上，真正能让你走出生命低谷的人只有你自己。

有一个生意人，他把全部财产投资在一种小型制造业上，但是由于世界大战爆发，他无法取得他的工厂所需要的原料，因此只好宣告破产。金钱的丧失使他大为沮丧，于是他离开妻子儿女，成了一名流浪汉。他对于这些损失无法忘怀，而且越来越难过。到最后，他甚至想要跳湖自杀。

一个偶然的机会，他看到一本名为《自信心》的书。这本书给他带来勇气和希望，他决定找到这本书的作者，请作者帮助他再度站起来。

当他找到作者说完他的故事后，那位作者却对他说："我已经以极大的兴趣听完了你的故事，我希望我能对你有所帮助，但事实上，我却绝无能力帮助你。"

流浪汉的脸立刻变得苍白，他低下头，喃喃地说道："这下完了。"

作者停了几秒钟，接着说道："虽然我没有办法帮你，但我可以介绍你去见一个人，他可以助你东山再起。"

听到这番话，流浪汉立刻跳了起来，抓住作者的手，说道："看在上帝的分上，快带我去见这个人吧。"

作者把他带到一面镜子前，指着镜子说："我介绍的就是这个人。在这个世界上，只有这个人能够使你东山再起。除非坐下来，彻底认识这个人，否则你只能跳到密歇根湖里。因为在你对这个人有充分的认识之前，对于你自己或这个世界来说，你都将是个没有任何价值的废物。"

流浪汉朝着镜子向前走几步，对着镜子里的人从头到脚打量了几分钟，然后退了几步，低下头，开始哭泣起来。

　　几年后，作者在街上碰见了这个人，几乎认不出他了。他的步伐轻快有力，头抬得高高的。他从头到脚打扮一新，看来是很成功的样子。

　　"那一天我离开你的办公室时还只是一个流浪汉。我对着镜子找到了我的自信。现在我找到一份年薪3万美元的工作，我的老板还预支了一部分钱给我，我现在又走上成功之路了。"他还风趣地对作者说，"我正要去告诉你，将来有一天，我还要再去拜访你一次。我将带上一张支票，签好字，收款人是你，金额处是空白的，由你填上数字。因为你介绍我认识了自己，幸好你要我站在那面镜子前，把真正的我指给我看。"

写作技巧 / Writing Skill

　　巧用对比，相反相成：年轻人失去自信后的沮丧、绝望与重拾自信后昂扬向上的精神面貌形成鲜明对比，突出了自信心对一个人的重大影响。

爱的箴言 / Loving Speaking

　　自信能让一个颓废的人重新振作，让人充满勇气和希望，抬头面对生活。审视自己的优缺点，给自己一个正确的定位，你将能找回更多的自信。不管何时，都怀揣一份自信吧，前方的路一定越走越宽。

只看自己拥有的

文/李珊珊

上帝对待每个人都是公平的。上帝可能没给你美貌，但是他给了你聪慧的大脑；
上帝可能没让你降生在富足的家庭，但他给了你坚强的意志……

她站在台上，不时不规律地挥舞着她的双手；仰着头，脖子伸得好长好长，与她尖尖的下巴扯成一条直线；她的嘴张着，眼睛眯成一条线，诡谲地看着台下的学生；偶然她的口中也会依依唔唔的，但不知在说些什么。

基本上她是一个不会说话的人，但是，她的听力很好，只要对方猜中或说出她的意见，她就会乐得大叫一声，伸出右手用两个指头指着你，或者拍着手歪歪斜斜地向你走来，送给你一张用她的画制作的明信片。

她就是黄美廉，一位自小就患脑性麻痹的病人。脑性麻痹夺去了她肢体的平衡感，也夺走了她发声讲话的能力。从小她就活在诸多肢体不便及众多异样的眼光中，她的成长充满了血泪。然而她没有让这些外在

的痛苦击败她内在奋斗的精神，她昂然面对，迎向一切的不可能，终于获得了加州大学艺术博士学位。她用她的手当画笔，以色彩告诉人们"寰宇之力与美"，并且灿烂地"活出生命的色彩"。全场的学生都被她不能控制自如的肢体动作震慑住了。这是一场倾倒生命、与生命相遇的演讲会。

"请问黄博士，"一个学生小声地问，"你从小就长成这个样子，请问你怎么看你自己？你没有怨恨吗？"全场的人心头一紧，在大庭广众之下问这个问题，真是太刺人了，他们担心黄美廉会受不了。

"我怎么看自己？"黄美廉用粉笔在黑板上重重地写下这几个字。她写字时用力极猛，有力透纸背的气势。写完后，她停下笔，回头看着发问的同学，然后嫣然一笑，回过头来，在黑板上龙飞凤舞地写了起来：

一、我好可爱！

二、我的腿很长很美！

三、爸爸妈妈这么爱我！

四、上帝这么爱我！

五、我会画画！

六、我有只可爱的猫！

七、还有……

八、……

忽然，教室里鸦雀无声，没有人敢讲话。她回过头来定定地看着大家，再回过头去，在黑板上写下了她的结论：

"我只看我所有的，不看我所没有的。"

掌声由学生群中响起，黄美廉倾斜着身子站在台上，满足的笑容从她的嘴角荡漾开来。她的眼睛眯得更小了，一种永远也不被击败的傲然，写在她的脸上。🔖

写作技巧 / Writing Skill

插叙手法，使文章结构曲折有致：作者在叙述黄美廉举办演讲会的过程中，暂时中断叙述线索而插入有关黄美廉的奋斗过程，对黄美廉的生平进行必要的补充、说明，而后接着叙述演讲会，这样的写法使情节更完整，结构更严密，内容更充实。

爱的箴言 / Loving Speaking

只看自己拥有的，这是一种多么昂扬的人生态度。黄美廉用自己的拥有，谱写了一曲华美的生命乐章，让人深深叹服。有些缺憾是我们无法改变的，如果我们的眼睛始终盯着缺陷，我们将总是悲观失望，而生活也将毫无希望。与其为自己没有的而伤怀，倒不如为自己拥有的而开怀。

只说一句话

文/黄健

将时间省下，为的是让别人的家人少一丝担忧，
少一分熬煎。危难之际，他们共同书写友爱的篇章。

想起2005年11月26日的那场江西九江地震，海子仍心有余悸。

海子是搞建筑的，常年带着施工队走南闯北，江西发生地震的时候，他就在九江。

那天，天看上去很晴朗，海子和工人们像往常一样在工地上施工。突然，就听见轰轰隆隆的声音从楼顶上传来，非常沉闷，仿佛在空中旋转。海子下意识地抬头向上望了望，这时他发现地面、墙面都在晃动，有沙浆、砖块从上面掉下来。"地震了，快跑！"海子大喊一声，就往外面空地上跑。

听到海子的叫声，工人们也纷纷逃出来，有几个工人还撞在了一起，跌倒了，又赶紧爬起来往外冲。好在海子他们施工队的大楼才建到第二层，几十秒的时间，工人们全都撤到了空地上，38个，一个都不少。海子这才长长舒了一口气。

　　地震结束后，海子就接到家里的电话，原来家里人看了新闻，知道九江地震了，问海子有没有事。打完电话，海子看见有几个工人跑到街上去了，但很快又沮丧地回来了。"连公用电话都砸了。"二狗子嘟囔着。海子知道，他们也想给家里报个平安，让家里人放心。海子掏出手机，说："都给家里报个平安吧！用我的手机打，二狗子，你先来。"

　　二狗子感激地接过手机，拨打起电话。其余的汉子都在二狗子的身后排起了队，全然没有往日的争吵和拥挤。

　　"老婆，我们都没事，放心吧！回头我再给你打电话。"二狗子只说了一句话，就挂了电话，把手机给了下一个汉子。

　　"孩子，爸爸挺好的！"

　　"妈，地震对我们没影响！"

…………

汉子们仿佛约好似的，只说一句话，就把手机给下一个人。接不通的，也不再重拨，自觉地排到了队伍的最后，静静地等待下一次机会。

只说一句话，就足以让家里人一百个放心，而省下的时间，可以让别人的家人少一丝担忧，少一分熬煎。

海子的眼角禁不住湿润起来……

写作技巧 / Writing Skill

设置特定人物，真实可信：作者在文中设置了一个特定人物"海子"，通过他的口吻来描述他的所见所闻、所思所感，这能造成生动逼真的阅读情境，让读者如临现场。

爱的箴言 / Loving Speaking

地震发生后，劫后余生的工友们没有了往日的争吵和拥挤，有的只是相互体谅和关照，这便是友情在特殊情境下的表现。这种无言的关爱，如丁香般散发着氤氲的香气，令人沉醉。

祖母的礼物

文/ [美]D.翠尼戴得·韩特

一个人被赠予了生命这个礼物，
就要从现在开始学习生活在爱中。

祖父去世时已经90岁了，他和祖母盖姬的婚龄超过了50年。盖姬因此深感痛苦，她的生活失去了中心，从这个世界中退缩，进入无休止的哀悼期。她的悲哀持续了5年。在此期间，我每一两个星期就去看她一次。

一天，我去看望盖姬，希望把她从祖父过世后的低迷状态中唤醒，而她却坐在安乐椅上摇着。当我还来不及为她的明显转变感到惊讶时，她已经向我招手："你不想知道为什么我如此快乐吗？你一点也不好奇吗？""当然，盖姬。"我向她道歉，"请原谅，我一时反应不过来。告诉我，为什么你这么快乐？为什么你焕然一新？""因为昨晚我得到了答案，"她说道，"我终于知道为什么上帝带走你的祖父，却留下我一个人。"盖姬充满了喜悦，我必须承认我被她说的话吓了一大跳。

"为什么，盖姬？"我问道。然而，好像要揭露世界上最大的秘密一样，她压低了声音，坐在安乐椅上的身子向前倾斜，安详、坚定地说：

"你的祖父知道，生活的秘密就是爱，而他每天都是在爱中生活的。他在行动上也体现无限的爱。我明白他那无限的爱，但自己并没有完全在爱中生活。这就是为什么他先走，而我必须留下来的缘由。"她以一只手指指向天空，继续说："昨晚我明白了，离开这儿我就学不到这堂课。爱必须在人间才能体验，当你离开时就太迟了。我被赠予了生命这个礼物，所以我从现在开始要学习生活在爱中。"

从这天开始，每一次拜访她，听她说她朝向目标所完成的事，都成为一个新的惊喜。有一次我去看她时，她兴奋地大力摇动着安乐椅，说道："你绝对猜不到今天早上我做了什么。今天早上，你伯父对我做

的事很生气，但我连眉头都没皱一下！我接受了他的怒气，把它转变成爱，变成快乐还给了他。有趣的是，他的怒气消失了！"

虽然她的年纪越来越大，但她的生命更新了，变得富有朝气。在这几年后的每一次拜访，盖姬都在实习她那爱的课程。在她以后的12年中，她有了自己生活的目标和继续活下去的理由。

在盖姬人生的最后几天，我常去医院看望她。有一天当我走向她的房间时，一个护士看着我说："你的祖母是一个非常特别的女人，她像光一样。"是的，当目标照亮了她的生命，一直到生命的尽头，她就变成其他人的亮光了。🀄

写作技巧 / Writing Skill

抓住关键细节，反映人物的精神面貌：祖母坐在安乐椅上摇着显得很快乐，她在安乐椅上的身子向前倾斜，她兴奋地大力摇动着安乐椅……这些变化反映出祖母逐步走出心理低谷、开始快乐生活的过程。

爱的箴言 / Loving Speaking

人的一生，充满了喜怒哀乐和悲欢离合。而达观地看待生活的一切，以爱的眼光洞察世事，就不枉此生。生活的秘密就是爱，懂得此理，就会把他人的生活照亮。

祖母的智慧

文/余妮娟

祖母用自己的亲身经历，
为我上了人生中重要的一课。

在 人生的漫漫旅程中，总会有些人永远驻留在我们的记忆中，时刻提示着、引导着我们的脚步。我的祖母就是这样一个人。她曾经用自己的亲身经历为我上了人生中重要的一课。

祖母年轻时，对园艺充满热情。当她和祖父把家搬到加利福尼亚州时，便把营建自己的新花园视为一次激动人心的冒险。

可是，美中不足，不管祖母怎样精心培育，花园中央的一棵果树就是拒绝开花结果。祖母不厌其烦地查阅了有关果树栽培的大量书籍，希望从中找到使它开花的方法。她甚至和它说话，为它唱歌，跟它讲道理——但可惜，这一切都无济于事。

最后，祖母拨通了加利福尼亚州农业部的电话。在列举了一长串祖母早已尝试的办法后，那位农业部的技术人员提出了一条戏剧性的建议——用扫帚柄击打果树的基部，以这种方法"刺激它的根"。

如果邻居们看到一个70多岁的老太太用扫帚柄击打一棵果树，他们会怎样想呢？祖母拿着扫帚走近那棵顽固的果树，同时不由地左顾右盼。她知道，也许震动能对萎缩的树根产生作用，甚至激活果树，使其开花，可她实在怀疑这个古怪的方法能否奏效。

令祖母大为惊喜的是，第二年春天，这棵果树真的结出了累累硕果！许多年以后，她的孙辈们仍在尽情享用这棵树上的甜美果实，而且这棵果树一年比一年产量多，一年比一年强壮。我们在聚会闲谈时常把这事当作笑谈，它成了我们家的经典幽默。想想看吧，当一位严肃的老妪手持扫帚不停地狠命抽打一棵毫无还手之力的果树的情景，那该有多么可笑啊！

讲述上面故事的目的，并不是想要表达祖母有多么勤劳和伟大，而是要向大家阐释一个长辈对晚辈的教诲和引导。就在祖母去世的前几个月，也是我人生中一段极其艰难的时期，我曾打电话向祖母寻求帮助。祖母和我一起回忆着那棵果树的故事，然后亲切而诙谐地说："孩子，你正像这棵果树一样，根部正在经受着考验和击打，在这样的刺激下，只要卖力生长，就一定会开出更绚烂的花，结出更丰硕的果实……"听了祖母的话，我很快走出了困境。

如今虽然祖母已经离开了我，但她的身影从未在我的脑海中消失，她慈祥的话语还常常萦绕在我的心间，为我引导前进的方向。

写作技巧 / Writing Skill

运用类比掘进法，自然升华主题：通过类比联想而升华主题的方法就是类比掘进法。本文即采用了此法——作者先讲述果树复苏的故事，再将其与"我"向祖母寻求帮助的事件相结合，从而提炼出人生哲理，升华了文章主题。

爱的箴言 / Loving Speaking

一位不平凡的祖母，就像一部人间指南的大书。这部书中不断地放射出哲理的光辉，指引着后代勇敢地向人生之路的正确方向进发。

最大的奖励

文/ [美]南希·卡瓦诺

一个老师，最大的快乐莫过于看到学生健康、快乐地成长，
最大的幸福莫过于看到学生成人、成才。

我是一名教汽车修理的老师。不知怎么回事，我最近突然对自己所从事的职业失去了往日的热情。

我打开校内私人信箱，发现里面有一张便条，上面写着："请致电5556167，玛格丽特。"我拨通了那个号码。

"我想找玛格丽特。"我说。"我就是。"电话那边回答。

"我是卡瓦诺。我收到一张便条，叫我打电话给您。"我继续说。

"哦，很高兴您能打电话给我，有点事想跟您说。"

"好吧。"我边回答边看表。只剩几分钟了，得赶快去教室上课。

"我是圣·卢克长老会医院的一名护士，昨天夜里下班回家的路上，我的车子突然抛锚了。"

"嗯。"我又看了看表，有点焦急。

"当时天很晚了，我不知该怎么办。突然，不知从哪儿冒出两个二十几岁的小伙子。他们修了一会儿，车子竟然能走了！他俩说车子没什么大毛病，但最好还是去仔细检查检查。"

"您是想让我检查一下车子吗？"我问，搞不明白对方的意图是什么。

"噢，不，"这位女士继续说道，"他俩把车子给修好了，我想给他们钱，可他们说什么也不要。他们告诉我，他们是您以前的学生。"

"什么？"我惊讶地问道，"我的学生？他们叫什么名字？"

"他们不说，只是把您的姓名和地址给了我，要我一定给您打电话。"

令人难以置信！一时间，我竟不知道说什么才好。在我的十几年教学生涯中，除了教给学生修理汽车的基本技能外，我也总是跟他们讲做人的道理，诸如诚实待人、加倍努力、用知识帮助别人等，但我从来就

不指望自己的学生能听得进我的说教。

"卡瓦诺先生，您还在听我说吗？希望您知道，我是多么感激……"玛格丽特说道。

"玛格丽特夫人，我也希望您知道，我多么感谢您，感谢您给我打这个电话。"

在去教室的路上，我突然感到自己浑身是劲，好像换了一个人似的。今天我才第一次意识到，自己在课堂上所做的一切并非没有意义，因为我的学生做了一件有益于他人的好事。对于一名工作了多年的教师来说，这是迟到的奖励，也是最大的奖励。

写作技巧 / Writing Skill

对话互动法推动故事发展：文章开篇不久即开始对话，通过人物对话，叙述了"我"的学生帮助陌生人的故事。对话的方式，不仅推动了故事的发展，而且避免了一味讲述造成的平淡，增加了文章的可读性。

爱的箴言 / Loving Speaking

文中两个学生的做法无疑是在向他们的老师表达感恩。有的时候，老师可能意识不到他的工作多么有意义，事实上，他们的谆谆教导，他们的一言一行，都在无形中进驻我们的内心，规范着我们的行为，指导着我们的方向，教会我们做一个有益于社会的人。

最美的乡村女教师

文/孙晓华

大山深处，书声琅琅，农家小院，书香四溢。
她的坚守让山里的孩子有书读，她的留任让山里的孩子有美好的未来。

梅香结婚了。附近村里的人也赶来参加梅香的婚礼，他们说："拖了这么久，梅香终于嫁出去了，她没有离开太行山。"

漂亮的梅香是太行山下一个小山村里的教师，她在大山里教了6年书，她说"宁愿一辈子不结婚也要在大山里教书"，这句话吓走了很多小伙子。

梅香的婚礼比较简单，没有轿车，也没有花轿，她将在亲朋簇拥下向新郎家走去。梅香走出家门，路两边挤满了村民。乡亲们都说："活这么大，第一次看到有这么多人参加的婚礼。"

　　梅香为什么这么受欢迎呢？从16岁初中毕业到现在，22岁的她已教了6年书，而且她一直独立支撑着一个学校。最初，学校只有三间破旧的石头房子，由于年久失修，梅香担心教室可能倒塌，便把学校安在了自己家里。因为家中的房屋实在太小，更多时候教室就是梅香家的院子。这一教就是6年。梅香不肯轻易放弃，因为她曾经许下一个郑重的承诺。

　　小学三年级的时候，梅香的成绩特别好，当时的老师李朝阳对她抱着很大的期望。一次上课的时候，李朝阳摸着梅香的头说："如果有一天老师走了，你愿不愿意做一名教师？"梅香点了点头。后来李朝阳老师走了，接任的老师也一个一个走了。梅香初中快毕业的时候，意识到如果自己不接手，这个学校也许真的要散了。后来，她成了这所学校唯一的教师。随着对外面世界的逐渐了解，村里人慢慢迁出了大山，而她一直执著地坚守着，6年前接任时有11个学生，从去年起只剩下2个学生。

有一次梅香的儿时伙伴回乡，向她讲述了外面的世界，梅香心动了。然而，教师节早上的一束野菊花，让她彻底打消了弃教的念头。那天早上，上课都一个小时了，三年级的王金丽还没来。发生了什么事？梅香向王金丽家走去。路上，梅香碰到了王金丽，她手里拿着一束带露的野菊花。她把花递给梅香，说道："老师，祝你节日快乐。"梅香愣住了，只见王金丽的裤子都湿透了，鞋上沾满了泥巴。她说她很早就上山了，她要摘最大、最好看的花给老师。这束野菊花深深地打动了梅香，她暗下决心，只要还有一名学生，她就要坚持下去。

几块木板组成的小黑板，是梅香重要的教学工具。太行山下的这座院落，是梅香的教室。这就是梅香，一个平平凡凡的乡村女教师。🔖

写作技巧 / Writing Skill

多事件、多角度塑造人物形象：梅香的婚礼、梅香的教学经历、梅香的承诺、梅香在教师节的感动，文章选取了若干事件来表现梅香的奉献与坚持，使得人物形象丰满而又鲜活。

爱的箴言 / Loving Speaking

梅香是普通的，因为她是千千万万个教师中的一员，梅香又是不平凡的，因为她比别的教师付出了更多。让我们向梅香这样的山村教师致以崇高的敬意吧，是他们——一群可爱而又平凡的人，用自己的默默付出担起一方教育的重担，散播着教育的芬芳。

图书在版编目（CIP）数据

感恩故事大全集／龚勋主编. — 北京：同心出版社，2015.7（2024.2重印）
ISBN 978-7-5477-1602-1

Ⅰ.①感… Ⅱ.①龚… Ⅲ.①故事—作品集—世界 Ⅳ.①I14

中国版本图书馆CIP数据核字（2015）第123513号

同心出版社已更名为北京日报出版社

感恩故事大全集

责任编辑 刘英雪	**经　销**	各地新华书店
出版发行 北京日报出版社	**版　次**	2015年7月第1版
地　址 北京市东城区东单三条8–16号		2024年2月第9次印刷
东方广场东配楼四层	**开　本**	720毫米×1020毫米　1／16
邮　编 100005	**印　张**	19
电　话 发行部：（010）65255876	**字　数**	220千字
总编室：（010）65252135	**定　价**	68.00元
印　刷 水印书香（唐山）印刷有限公司		